BWGAN
NANA
CRWCA

David Walliams

BWGAN NANA CRWCA

Arlunwaith gan Tony Ross
Addasiad gan Dewi Wyn Williams

atebol

Y fersiwn Saesneg

Cyhoeddwyd gyntaf yn y Saesneg gan HarperCollins *Children's Books* yn 2021

Mae HarperCollins *Children's Books* yn rhan o HarperCollins*Publishers* Ltd,
1 London Bridge Street, Llundain SE1 9GF

Hawlfraint y testun © David Walliams 2021
Hawlfraint yr arlunwaith © Tony Ross 2021
Llythrennau enw'r awdur © Quentin Blake 2010

Hawlfraint dyluniad y clawr © HarperCollins*Publishers*.

Y fersiwn Cymraeg

Cyhoeddwyd gyntaf yn y Gymraeg gan Atebol Cyfyngedig, Adeiladau'r Fagwyr,
Llanfihangel Genau'r Glyn, Aberystwyth, Ceredigion SA24 5AQ

Addaswyd i'r Gymraeg gan Dewi Wyn Williams
Dyluniwyd gan Owain Hammonds
Golygwyd gan Adran Olygyddol Cyngor Llyfrau Cymru

Dymuna'r cyhoeddwr gydnabod cymorth ariannol Cyngor Llyfrau Cymru

Hawlfraint © Atebol Cyfyngedig 2022

ISBN 978-1-80106-262-6

atebol.com

I fy mam annwyl,
sydd hefyd fel Nana Crwca

DIOLCHIADAU

MEISTRI'R GUDDWISG:

ANN-JANINE MURTAGH
Fy Nghyhoeddwr Gweithredol

CHARLIE REDMAYNE
Prif Weithredwr

TONY ROSS
Fy Arlunydd

PAUL STEVENS
Fy Asiant Llenyddol

HARRIET WILSON
Fy Ngolygydd

KATE BURNS
Golygydd Celf

SAMANTHA STEWART
Rheolwr Cyhoeddi

VAL BRATHWAITE
Cyfarwyddwr Creadigol

ELORINE GRANT
Cyfarwyddwr Celf

KATE CLARKE
Cyfarwyddwr Celf

MATTHEW KELLY
Cyfarwyddwr Celf

SALLY GRIFFIN
Cynllunydd

GERALDINE STROUD
*Swyddog Cysylltiadau
Cyhoeddus*

TANYA HOUGHAM
Cynhyrchydd Clywedol

David Walliams

Mae blwyddyn wedi mynd heibio ers i Ben
golli ei annwyl Nana Crwca, ond mae chwedl
Y Gath Ddu yn fyw o hyd!

DYMA'R
CYMERIADAU
YN Y STORI

BEN

Ein harwr yw bachgen cyffredin deuddeg oed, sydd eisoes wedi cael antur ryfeddol. Gyda chymorth ei nain, a ymddangosodd fel **Y Gath Ddu**, bu bron iddo ddwyn Tlysau'r Frenhines o Dŵr Llundain. Fodd bynnag, mae ei yrfa fel lleidr gemau rhyngwladol ar ben. Bellach, mae'n canolbwyntio ar ei freuddwyd fawr: bod yn blwmwr.

MAM

Yn ystod y dydd, mae Llinos, mam
Ben, yn gweithio mewn salon trin
ewinedd. Gyda'r nos, mae hi'n
mwynhau dawnsio. Ei hoff raglen
deledu yw *Dawnsio Gyda'r Sêr*. Mae
hi'n hoffi un dawnsiwr proffesiynol
yn fwy nag unrhyw un o'r lleill.
Ei enw yw Flavio Flavioli ac mae
ei chartref wedi ei droi'n lle i'w
addoli. Mae Llinos yn awyddus
iawn i'w phlentyn anghofio am ei
freuddwyd i fod yn blwmwr, a bod
yn bencampwr dawnsio fel Flavio yn
lle hynny.

DAD

Mae ei dad yn gweithio fel dyn
diogelwch yn yr archfarchnad leol.
Dyw Maldwyn ddim yn rhedwr
cyflym – yn y deg mlynedd
ddiwethaf, dim ond un lleidr mae
o wedi ei ddal! Hen ŵr ar bulpud
cerdded oedd hwnnw, a oedd yn
dianc gyda thwb o hufen iâ. Ond
mae ef hefyd yn caru dawnsio.
Cafodd yr awydd i ddawnsio
oddi wrth ei wraig, a nawr mae'r
cwpl yn ymarfer eu symudiadau o
gwmpas y tŷ.

HUW

Huw yw'r siopwr mwyaf poblogaidd yn y dref. Ef yw perchennog SIOP HUW, ond mae pawb yn mynd yno i fwynhau ei fargeinion gwallgof a'i losin sydd wedi pasio'u dyddiad gwerthu. Mae Huw wastad wedi bod yn ffrind da i Ben – daethon nhw'n gyfeillion pan gollodd Ben ei nain, ac mae Huw yno bob amser i godi calon y bachgen trwy ddweud jôc neu gynnig siocled yn rhad ac am ddim iddo.

MR MOSTYN

Cymydog busneslyd yw Mr Mostyn. Ar ôl ymddeol fel uwchgapten yn y fyddin, mae'n awr yn drefnydd Gwarchod y Gymdogaeth, cangen Stryd Lwyd. Casgliad o hen begoriaid yw'r rhain sydd wedi ymuno i gadw golwg am ladron, ond mae Mr Mostyn yn ei ddefnyddio fel esgus i ysbïo ar bawb. Mae'n cadw llygad barcud ar Ben. Mae'r cymydog busneslyd yn argyhoeddedig bod y bachgen a'i nain wedi dwyn Tlysau'r Frenhines, ond does neb yn ei gredu. Nawr, mae Mr Mostyn eisiau dial!

FLAVIO FLAVIOLI

Flavio yw seren enwocaf a mwyaf deniadol y rhaglen deledu hynod o boblogaidd *Dawnsio Gyda'r Sêr*. Mae corff brenin y llawr dawnsio o'r Eidal wedi ei chwistrellu ag olew haul lliw mahogani, ei wallt yn sgleinio, wedi ei gribo'n ôl, a'i ddannedd yn wyn fel y galchen. Mae'n gwisgo dillad dawnsio tyn, un darn, sy'n gwneud iddo edrych fel losin mewn papur da-da.

EDNA

Cyfarfu Ben ag Edna yn angladd
ei nain. Hi yw cyfnither Nana
Crwca. Roedd Edna yn hoffi Ben
o'r cyfarfyddiad cyntaf, ac yn ystod
y flwyddyn ddiwethaf mae'r ddau
wedi dod yn dipyn o lawiau. Mae'r
bachgen yn galw draw bob dydd Sul
yn y cartref hen bobl ble mae Edna'n
byw am de a chacen, gêm o *Scrabble* a
sgwrs am yr hen ddyddiau.

Y LLYFRGELLYDD

Mae'r wraig hon wedi gweithio
yn y llyfrgell ar hyd ei hoes. Mae
hi'n amheus o Ben, a phob tro
mae o'n ymweld â'r llyfrgell mae
hi'n cadw llygad barcud arno.

Y FRENHINES

Does dim angen cyflwyno'r Frenhines. Cyfarfu hi
â Ben a'i nain pan geisiodd y ddau ddwyn Tlysau'r
Frenhines o Dŵr Llundain. Ond gan ei bod wedi
gwirioni cymaint ar eu perthynas arbennig, rhoddodd
y Frenhines faddeuant iddyn nhw yn y fan a'r lle.

BWTLER Y BWTLER

Yn gyfleus iawn, Mr Bwtler yw
enw'r bwtler sydd ym Mhalas
Buckingham. Mae mor hen â
phechod, ac wedi gwasanaethu'r
frenhines yn ffyddlon ers pan oedd
hi'n ferch fach.

PLISMON PLONC

Cyfarfu Ben a Nana Crwca â
Plismon Plonc pan oedden
nhw ar y ffordd i ddwyn
Tlysau'r Frenhines. Cafodd
y ddau eu stopio gan yr
heddwas wrth iddyn nhw yrru
ar y draffordd ar sgwter Nana
Crwca. Llwyddodd y ddau i'w
dwyllo, a chael lifft ganddo i
Dŵr Llundain!

SIONCI

Gadawodd Nana Crwca ei sgwter, Sionci, i
Ben yn ei hewyllys, gan ei bod yn gwybod
ei fod yn hoff iawn ohono. Mae'n cadw'r
sgwter yn y garej.

Y GATH DDU

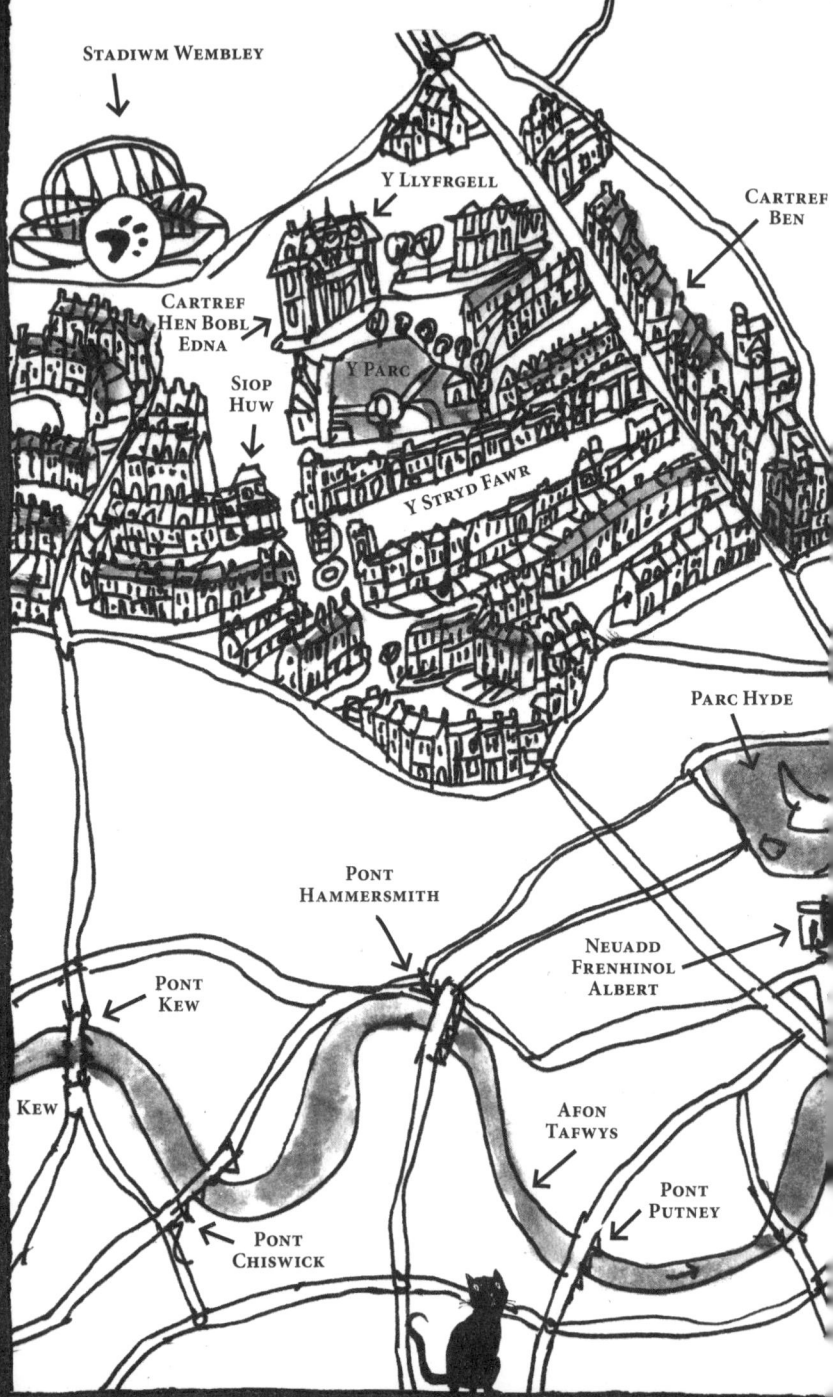

STADIWM WEMBLEY

Y LLYFRGELL

CARTREF
BEN

CARTREF
HEN BOBL
EDNA

SIOP
HUW

Y PARC

Y STRYD FAWR

PARC HYDE

PONT
HAMMERSMITH

NEUADD
FRENHINOL
ALBERT

PONT
KEW

KEW

AFON
TAFWYS

PONT
PUTNEY

PONT
CHISWICK

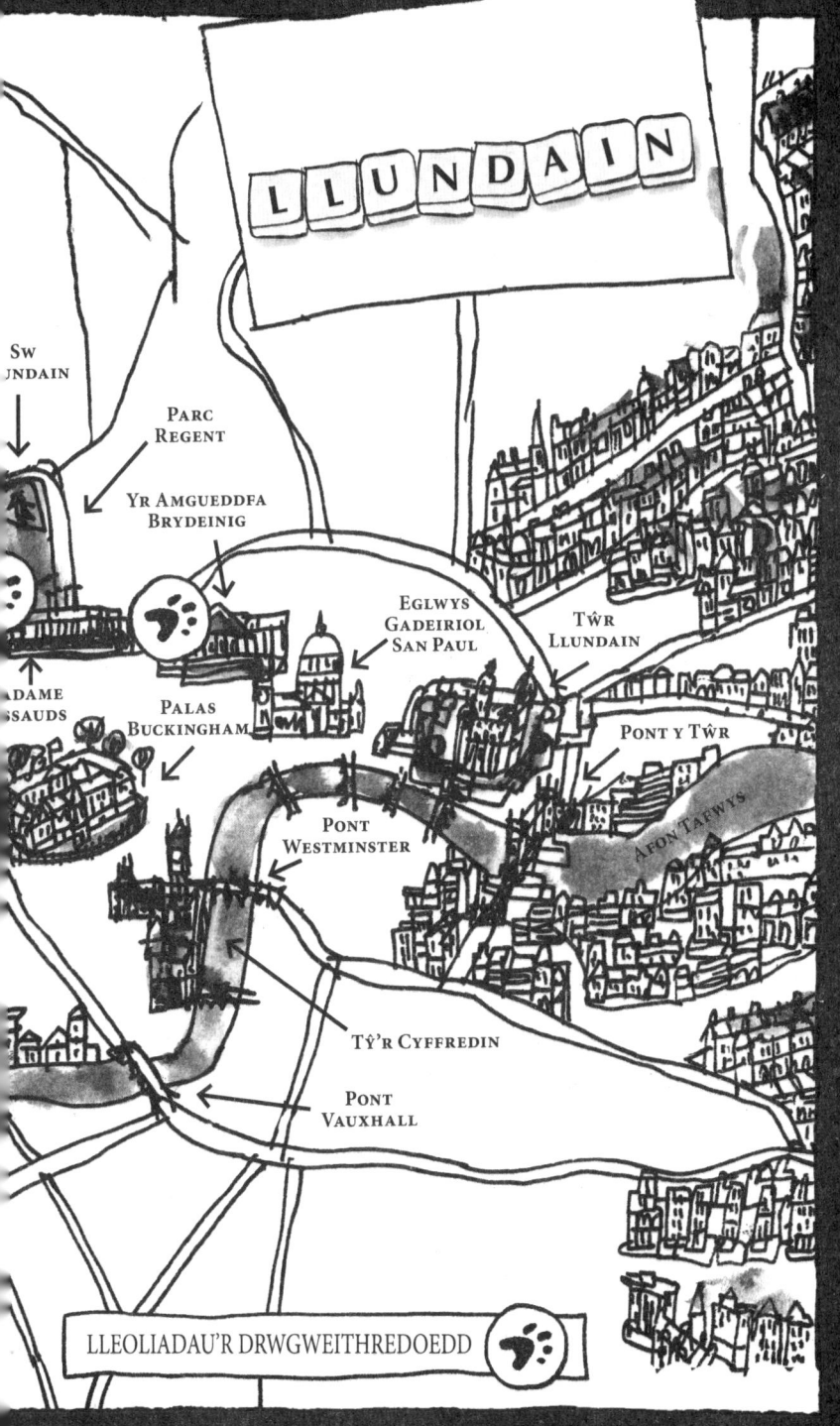

LLUNDAIN

SW LUNDAIN

PARC REGENT

YR AMGUEDDFA BRYDEINIG

MADAME TUSSAUDS

EGLWYS GADEIRIOL SAN PAUL

TŴR LLUNDAIN

PALAS BUCKINGHAM

PONT Y TŴR

PONT WESTMINSTER

AFON TAFWYS

TŶ'R CYFFREDIN

PONT VAUXHALL

LLEOLIADAU'R DRWGWEITHREDOEDD

DYCHWELIAD
Y
GATH

'**BRESYCH?**' gofynnodd llais tu ôl i Ben.

Safai'r bachgen wrth ymyl carreg fedd ei nain yn y fynwent. Aeth blwyddyn heibio ers iddi farw, a gosododd Ben dusw hyfryd o **FRESYCH** yn deyrnged iddi.

Trodd Ben ei ben. Gwelodd wyneb cyfarwydd. Edna, cyfnither Nana Crwca. Cyfarfu â hi yn yr angladd y Nadolig cynt ac roedd y ddau wedi dod yn dipyn o ffrindiau. Nawr, unwaith yr wythnos, arferai Ben alw draw i'r cartref hen bobl i gael sgwrs, yn aml am Nana Crwca, ac i helpu gydag unrhyw broblemau plymio. O ganlyniad, roedd Ben yn fachgen hynod o boblogaidd gyda phawb oedd yno.

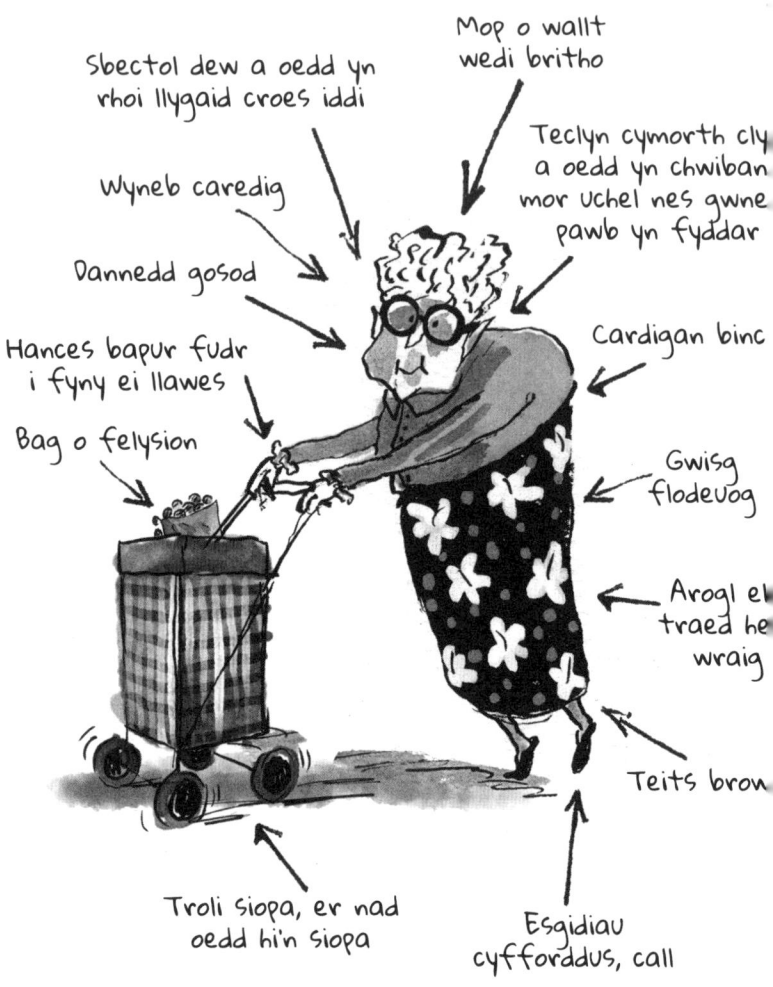

Sbectol dew a oedd yn rhoi llygaid croes iddi

Mop o wallt wedi britho

Teclyn cymorth cly a oedd yn chwiban mor uchel nes gwne pawb yn fyddar

Wyneb caredig

Dannedd gosod

Cardigan binc

Hances bapur fudr i fyny ei llawes

Bag o felysion

Gwisg flodeuog

Arogl el traed he wraig

Teits brow

Troli siopa, er nad oedd hi'n siopa

Esgidiau cyfforddus, call

Roedd Edna yn enghraifft berffaith o hen wraig.

'O, helô, Edna,' atebodd Ben. 'Be dach chi'n wneud yma?'

Roedd yr hen wraig yn gafael mewn rhosyn, gyda gwên drist ar ei hwyneb.

'O! Byddaf yn dod yma unwaith yr wythnos i roi rhosyn ar fedd fy niweddar ŵr. Pam mae gen ti dusw o **FRESYCH**?'

'I Nain maen nhw. Roedd hi wrth ei bodd efo bresych.'

Edrychodd Edna yn hiraethus. 'O, ia! Dwi'n cofio'r sŵn o'n i'n ei glywed pan oedd hi'n galw draw am de.'

'Tydy **BRESYCH** ddim yn gallu siarad!'

'Na. Dwi'n sôn am ben-ôl dy nain a oedd yn gwichian ar ôl iddi fwyta un. Swnio fel ... '

'Hwyaden yn cwacio!' meddai Ben.

'Ia! Tebyg iawn i hynny!'

'CWAC! CWAC! CWAC!' dynwaredodd Ben, wrth gamu ar hyd y llwybr, yn cwacio wrth fynd.

Chwarddodd y ddau lond eu boliau.

'HA! HA!'

Disgynnodd deigryn i lawr ei foch. Doedd Ben ddim yn siŵr ai deigryn hapus neu ddeigryn trist oedd o. Dipyn o'r ddau, mwy na thebyg. Roedd colli Nana Crwca wedi ei daro fel gordd. Er y gwahaniaeth oedran, roeddynt yn agosach na neb arall yn y teulu. Pan fu farw, teimlai Ben fod y byd ar ben. Ond doedd o ddim. Aeth bywyd yn ei flaen fel arfer. Roedd ganddo nifer o bethau i'w gwneud bob dydd, fel:

glanhau ei ddannedd ...

mynd i'r ysgol ...

cael bath ...

gwneud ei waith cartref ...

a darllen y cylchgrawn wythnosol **BYD Y PLWMWR.**

Ond roedd y golled i'w theimlo drwy'r amser. Heb gwmni ei nain, roedd fel pe bai rhan ohono ar goll.

'Dwn i ddim pam dwi'n crio,' meddai Ben, gan sniffian.

Estynnodd Edna ei hances bapur o'i llewys a sychu ei wyneb.

'Am dy fod yn ei charu. Pris cariad yw tristwch. A does dim dwywaith mai ti oedd cannwyll ei llygad. Roedd hi'n dy garu di, Ben. Roedd hi'n siarad amdanat trwy'r adeg!'

Syllodd y bachgen i fyny i'r awyr. 'Ydy Nain yn edrych i lawr arnon ni?'

'Dwi'n siŵr ei bod hi,' atebodd Edna. 'A hynny gyda balchder, ddywedwn i, am dy fod yn tyfu i fyny i fod yn ddyn ifanc, rhagorol – yn gofalu ar f'ôl i yn ogystal â'r problemau plymio.'

'Roedd hi'n ddynes arbennig iawn. Nid nain gyffredin mohoni. Hi oedd fy ... '

Oedodd Ben. Roedd ar fin dweud 'NANA CRWCA!'

'Hi oedd dy be di, cariad?' gofynnodd Edna.

'Dim ots,' meddai Ben, gan fwmial. Roedd eisiau cadw cyfrinachau Nana Crwca yn gyfrinachol. Hyd yn oed oddi wrth ei ffrind gorau, Edna. Doedd neb arall yn gwybod am fywyd dwbl Nana Crwca fel lleidr tlysau rhyngwladol, dan yr enw **Y GATH DDU.** Wel, neb heblaw y *Frenhines*, a ddaliodd nhw wrth iddyn nhw geisio dwyn *Tlysau'r Goron* o Dŵr Llundain ar y noson dyngedfennol honno.

'Roeddet ti ar fin dweud rhywbeth wrtha i, cariad ... '

'Rhywbryd eto,' atebodd Ben. 'Wna i bicio draw i'ch gweld chi dydd Sul, yr un amser ag arfer.'

'Cawn gêm o Scrabble! A paid ag anghofio'r **Losin Mintys!**'

'Wna i ddim!'

Wrth i Ben gerdded allan o'r fynwent, gwenodd Edna a chododd ei llaw. Yna gosododd un rhosyn coch ar fedd ei diweddar ŵr.

Yr eiliad honno, sylwodd Ben ar **Gath** **Ddu** yn sleifio o'r tu ôl i garreg fedd Nana Crwca.

Symudai fel panther. Trodd y gath, cyn edrych ar y bachgen a mewian.

'MIAAAW!'

Trodd Ben ar ei sawdl er mwyn mwytho'r gath, ond diflannodd mor gyflym ag y daeth i'r golwg. Neidiodd ar ben y wal garreg a amgylchynai'r fynwent.

Yna, gydag un naid hir

roedd y creadur

wedi mynd!

2

MISTAR GWYBOD POPETH (A PHOB DIM!)

DING!

Canodd cloch drws y siop wrth i Ben gamu i mewn i'r siop bapurau newydd.

'A, Ben, fy hoff gwsmer!' cyhoeddodd y dyn hwyliog tu ôl i'r cownter. Roedd Huw bob amser yn gwenu fel selsigen wedi ei hollti.

'Helô, Huw!' atebodd Ben. 'Sgynnoch chi gopi wythnos hon o **BYD Y PLWMWR?**'

'Anghofia am dy danciau dŵr, stopfalfiau a pheipiau'n gollwng!' meddai. 'Ti ddim wedi clywed a gweld y newyddion?'

'Pa newyddion?'

'Y newyddion newyddion!'

'Pa newyddion newyddion?'

'Y newyddion newyddion newyddion!'

'Pa newyddion newyddion newyddion?!'

'Mae Coron yr Archdderwydd wedi cael ei — ' Bu eiliad o saib dramatig — 'dwyn!'

Roedd y newyddion newyddion newyddion ar dudalen flaen y papur newydd.

Y LLADRAD MWYAF YN HANES YR EISTEDDFOD GENEDLAETHOL!

Mae Coron yr Archdderwydd wedi cael ei dwyn! Roedd y Goron, y Deyrnwialen a'r Ddwyfronneg – sydd fel arfer yn cael eu cadw yn Amgueddfa Cymru yn Sain Ffagan – yn cael eu harddangos yn yr Amgueddfa Brydeinig yn Llundain. Neithiwr, sylweddolodd aelod o'r staff fod y Goron ar goll. Roedd yr arddangosfa wedi ei threfnu er mwyn nodi'r ffaith mai ym Mryn y Briallu yn Llundain y sefydlwyd yr Orsedd gan Iolo Morganwg yn 1792. Cafodd y Goron ei chynllunio yn 1896 gan Hubert von Herkomer, arlunydd a chyfansoddwr o'r Almaen a oedd â chysylltiadau teuluol â Chymru. Mae'r Goron yn unigryw ac yn amhrisiadwy.

'Rhaid bod y goron yna werth miloedd!' ebychodd Ben.

'Miliynau!'

'Triliynau!'

'Sgwiliynau!'

'Oes ffasiwn beth â sgwiliynau?' gofynnodd Ben.

'Dwn i ddim. Ond mae gasiliynau yn bod!'

DING! Canodd y gloch unwaith eto. Edrychodd y ddau'n syth i gyfeiriad y drws a sylwi ei fod yn agored, ond doedd neb yno.

'Pwy oedd hwnna?' sibrydodd Ben.

'Neb o bwys,' atebodd Huw.

'Fedar o ddim â bod yn neb o bwys.'

'Welais i neb yn dod i mewn nac yn mynd allan.'

'Felly pwy oedd yno?'

'Gwthwn o wynt, debyg,' meddai Huw, gan gerdded at y drws a'i gau ar ei ôl.

Yn y cyfamser, edrychodd Ben o gwmpas y siop, ond doedd neb i'w weld yn unman.

Gostyngodd ei lais. 'Felly, pwy sy wedi dwyn Coron yr Archdderwydd?'

'Does neb yn gwybod. Ond roedd y lleidr mor fentrus nes iddo adael cliw ar ei ôl.'

'Pa fath o gliw?'

'Yn ôl beth ddywedwyd ar y radio, sillafodd y lleidr gliw yn y fan a'r lle, gan ddefnyddio llythrennau Scrabble.'

Roedd llygaid Ben fel lleuadau llawn yn ei ben. Scrabble oedd hoff gêm ei nain.

'**MIAAAW.**'

'"Miaaaw?"'

'"Miaaaw!" Fel cath yn mewian – MIAAAW!'

Cafodd Ben ei daro'n fud. Roedd hyn yn swnio'n debyg iawn i gliw i ddatrys pwy oedd y lleidr.

'Wyt ti'n iawn, Ben?' gofynnodd Huw.

'Yndw. Berffaith,' meddai Ben, gyda'i drwyn yn tyfu.

'Ti'n edrych fel bo' ti ar fin llewygu!' meddai Huw, gan gychwyn rhedeg o gwmpas y siop. 'Yli, cym y **mintys cryf yma**! Neith rhain dy ddeffro di!'

Bu bron i Huw wthio'r pecyn mintys i fyny trwyn y bachgen, cyn i Ben sniffian y losin poeth.

'Mae'n amhosib,' meddai Ben, yn mwmian.

'Be sy'n amhosib?'

'Fedar hyn ddim bod yn wir!'

'Mae o *yn* wir! Edrycha! Mae'r newyddion newyddion newyddion ar y newyddion ar y teledu hefyd!'

Ar hynny, rhoddodd Huw ergyd i'r teledu du a gwyn bach oedd ar ben silff uwchben y cownter.

Cyhoeddodd y darlledwr ar y sgrin fach: 'Mae gennym newyddion newyddion newyddion newydd. Mae datblygiad mawr wedi digwydd. Mae Coron yr Archdderwydd — '

'O! Mae'n rhaid eu bod nhw wedi dod o hyd iddi!' meddai Huw.

'yn dal ar goll ... '

'Dwn i ddim pam maen nhw'n trafferthu,' meddai Huw dan ei wynt, gan ddiffodd y teledu.

Pensynnodd Ben. Roedd dwyn rhywbeth mor werthfawr, a hynny o amgueddfa oedd yn cael ei gwarchod yn hynod ofalus, gydag ôl pawennau **Y GATH DDU** arno ... Pwy ond lleidr tlysau rhyngwladol chwedlonol a fyddai'n gwneud rhywbeth mor fentrus? Roedd y llythrennau Scrabble yn sillafu M I A A A W . Doedd hwnnw ddim yn gliw. Herio oedd hynny, ffordd o ddweud wrth yr heddlu, 'Daliwch fi os gallwch chi!'

Ond ... ac roedd hwn yn OND mawr ... doedd hi ddim yn bosib i'r lleidr fod yn Nana Crwca. Roedd honno yn ei bedd a'r twrch yn wincio arni ers dros flwyddyn.

Roedd hwn yn DDIRGELWCH MAWR, un yr oedd Ben yn benderfynol o'i ddatrys.

'Ben, wyt ti'n cofio flwyddyn yn ôl pan gafodd y tlysau amhrisiadwy rheini eu gadael tu allan i'r siop elusen?' gofynnodd Huw.

'Mewn tun bisgedi! Wrth gwrs 'mod i'n cofio,' atebodd y bachgen.

Rheini oedd y tlysau gafodd eu darganfod un noson yng nghegin Nana Crwca. Darganfyddiad a ddechreuodd yr holl **antur!**

Tyngodd Nana Crwca mai tlysau gwisgoedd di-werth oeddan nhw, ac nad hi oedd **Y GATH DDU** wedi'r cwbl.

Ond BLYFF DWBL oedd hynny!

Roedd y tlysau werth miliynau. Rhoddwyd pob ceiniog o'r arian i helpu hen bobl. Roedd Nana Crwca yn GRWCA go iawn!

'Bu sibrydion o gwmpas y dref bod y tlysau wedi dod o gasgliad lleidr byd-enwog,' meddai Huw. 'Lleidr doedd neb yn gwybod ei enw.'

'Doedd o ddim mor enwog, felly.'

'O, ha ha, clyfar iawn, Mistar Gwybod Pob Dim!'

'Mistar Gwybod Popeth.'

'Popeth ... Pob Dim ... chwaer i mam ydy modryb! A dim mwy o fargeinion i ti, Mistar Gwybod Popeth Pob Dim!'

'Ond mae'n annhebygol iawn y byddai'r un lleidr wedi dwyn Coron yr Archdderwydd.'

'A sut wyt ti'n gwybod hynny?' meddai llais y tu ôl i Ben.

Trodd y bachgen rownd yn gegrwth. Roedd yn wynebu ei archelyn busneslyd.

'Mr MOSTYN!'

gwaeddodd.

3

PICIL MR MOSTYN

Mr Mostyn oedd y busneswr mwya busneslyd yn y bydysawd! Uwchgapten wedi ymddeol o'r fyddin oedd y gŵr, a bellach fe oedd trefnydd **Gwarchod y Gymdeithas** yn Stryd Lwyd. Criw o bobl oedd y rhain a oedd yn gwarchod yr ardal rhag lladron. Ond roedd Mr Mostyn yn mynd gam ymhellach. Roedd o'n ysbïo ar bawb a phopeth.

Bu bron i Mr Mostyn roi Ben a'i nain mewn picil pan geisiodd y ddau ddwyn *Tlysau'r Frenhines*. Y noson honno, cafodd Mr Mostyn ei fychanu gan heddweision a wrthododd gredu ei stori. Rhyddhawyd Ben a Nana Crwca, ond bu Mr Mostyn yn dal DIG ENFAWR yn erbyn y bachgen ers hynny. Roedd yn benderfynol o brofi fod Ben yn droseddwr peryglus.

'Gofyn wnes i,' meddai'r cymydog busneslyd yn ei sain drwynol arferol, 'sut wyt ti'n gwybod cymaint am ddwyn coron yr Archdderwydd?'

'Wel,' meddai Ben, yn tagu ar ei eiriau. 'Dwi'm yn gwybod dim byd o gwbl!'

'Ti newydd ddweud dy *fod* ti!'

'Dach chi'n siwr?'

'YNDW!'

'A, Mr Mostyn,' meddai Huw, gan syllu ar y gŵr hunanbwysig. 'Y cwsmer dwi *ddim* yn rhy hoff ohono!'

Gwisgai Mr Mostyn ei het borc-pei arferol, côt law a phâr o esgidiau cryfion, brown. O glywed geiriau Huw, surodd ei wyneb SUR yn fwy nag arfer.

'Hmm,' meddai Mr Mostyn. Nid oedd ystyr ei 'Hmm' yn eglur iawn. 'Dyliwn eich riportio chi!'

'Riportio fi am wneud beth?' gofynnodd y gwerthwr papurau newydd.

'Gwerthu siocledi wedi llwydo!' cyhoeddodd Mr Mostyn, gan chwifio un yr oedd wedi ei ddewis o'r cownter.

'Gadewch i mi weld hwnna!' meddai Huw, yn siarp fel cyllell cigydd, gan gipio'r siocled o law y dyn.

Edrychodd y gwerthwr papurau newydd yn ofalus ar y papur fferins. 'Dim ond ers deg mlynedd mae o wedi bod ar y cownter! Mae o'n berffaith iawn i'w fwyta!'

Daeth gwên sinistr ar draws wyneb Mostyn. 'Wel, os felly, bwytwch chi o, 'te!'

'*Fi?!*'

'Ie! **Chi!**'

Edrychodd Huw yn betrusgar ar Ben. Roedd angen help arno. Cododd y bachgen ei ysgwyddau. Ysgydwodd Huw ei ben yn anobeithiol cyn tynnu'r papur oddi ar y siocled.

'Mae hwnna mor hen, mae'r siocled wedi troi'n wyn!' dywedodd Mr Mostyn.

'Mae o i *fod* yn wyn,' mynnodd Huw, y celwyddgi. 'Siocled gwyn ydy o!'''

'Siocled du mae o'n ddweud ar y papur fferins,' ychwanegodd Ben, yn ddiniwed.

'Ti ddim yn help mawr i mi,' meddai Huw, cyn blasu darn bach o'r siocled wedi llwydo.

'Ydy siocled yn troi'n wyn fel hen gaca cath?' gofynnodd Ben.

'Nawr, ti'n *sicr* ddim yn help mawr i mi!'

'BWYTWCH O!' gorchmynnodd Mr Mostyn.

Daeth dagrau i lygaid Huw druan wrth iddo gnoi'r siocled a oedd wedi gweld dyddiau gwell, a hynny flynyddoedd maith yn ôl. Ond yn rhyfedd iawn, wrth iddo ei fwyta, dechreuodd fwynhau'r blas sawrus. 'Mmmm. Fel mae'n digwydd, mae hwn yn flasus iawn! Wedi gwella dros y blynyddoedd, fel gwin da! Bwytwch ddarn bach!'

Aeth Mr Mostyn yn lloerig.

'Peidiwch â bod yn wirion, ddyn! Nawr, Ben ... dwed pob dim ti'n wybod wrtha i am y lladrad neithiwr. Mae dwyn *Coron yr Archdderwydd* yn achos difrifol, ac mae ôl bysedd yr hen wraig honno o uffern ar y lladrad – dy nain! Neu efallai dyliwn ei galw yn 'GYD-WEITHWRAIG!'

Llyncodd Ben ei boer yn euog. ''Sgen i ddim syniad am be dach chi'n sôn.'

'Ti'n gwybod yn union am be dwi'n sôn, Benjamin Williams.'

Cododd Huw ei law. 'Does gen i ddim syniad am be mae'r un ohonoch chi'n sôn!'

Aeth llygaid Mr Mostyn yn gulach. 'Felly, dwed wrtha i, y diawl bach,' meddai, gan gyfeirio at Ben. 'Ble oeddet ti neithiwr?'

'Adref. Yn trwsio sedd y lle chwech!' meddai Ben, yn nerfus.

'Trwsio sedd y lle chwech? Lol botes maip!'

'Dydi o ddim yn lol botes maip. Mae o'n wir!'

'Sgen ti *alibi*?'

'Be ydy peth felly?'

'Rhywun all brofi ble oeddet ti,' meddai Mr Mostyn, yn flin fel cacwn.

'Dim ond sedd y tŷ bach. A fedar honno ddim siarad.'

'Mae f'un *i'n* gallu siarad,' meddai Huw. 'Neithiwr ddiwethaf, rwy'n siŵr imi ei chlywed hi'n gweiddi mewn poen pan eisteddais arni!'

'Lladrad mentrus yng nghanol nos gan rywun wedi ei wisgo mewn dillad du,' parhaodd Mr Mostyn, gan bwyntio at lun aneglur a dynnwyd ar gamera diogelwch yr amgueddfa, ac un a ddangoswyd ar dudalen flaen y papurau newydd.

'Tydw i byth yn gwisgo du!' protestiodd Ben.

'Oeddet ti a dy nain yn gwisgo dillad duon pan wnes i dy arestio di!'

'Dyna'r UNIG noson wnes i wisgo dillad duon!'

Edrychodd Mr Mostyn ar draed Ben. 'Ti'n gwisgo sanau duon!'

'Glas tywyll yw un ohonyn nhw.'

'Efallai dy fod yn gwisgo pâr o drôns du!'

'Brown ydyn nhw, deud gwir!' atebodd Ben.

'Call iawn,' meddai Huw. 'Dyna'r lliw fydda i'n wisgo hefyd. Rhag ofn i mi daro rhech wlyb!'

'Tydw i ddim eisiau gwybod am fochyndra felly! Nawr, gad imi ddweud un peth wrthat ti, 'ngwas i ... ' meddai Mr Mostyn, gan wyro er mwyn edrych ym myw llygaid Ben. 'Mmm. Byddaf yn cadw llygad barcud arnat ti o hyn ymlaen!'

Gyda'i ddwy lygad yn dal i edrych ar Ben, dechreuodd gerdded am yn ôl yn theatraidd. O ganlyniad, bwriodd yn syth i mewn i garwsél o gardiau.

DOINC!

Baglodd, a chwympo ar ei ben-ôl.

WPS!

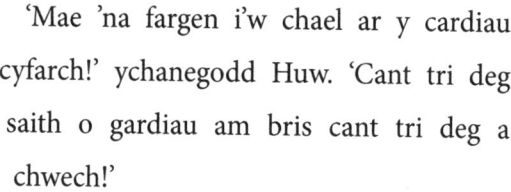

Chwyrlïodd y cardiau i fyny i'r awyr fel pilipalod ...

WHYYYYSH!

... a glanio ar ei ben fel cawod o eira.

'Aw! Fy nhin i!' gwaeddodd Mr Mostyn.

Glaniodd cerdyn GWELLHAD BUAN ar ei wyneb.

'Edrych yn debyg bydd dim rhaid imi anfon cerdyn ichi,' meddai Ben yn ysgafn.

'Mae 'na fargen i'w chael ar y cardiau cyfarch!' ychanegodd Huw. 'Cant tri deg saith o gardiau am bris cant tri deg a chwech!'

'HELPWCH FI I GODI AR FY NHRAED, Y TWPSOD!!' gwaeddodd

Mr Mostyn, yn flin fel tincar.

Cododd Ben a Huw y gŵr ar ei draed gerfydd ei geseiliau.

'Wff!' meddai Mr Mostyn wrth iddo godi ar ei draed. 'Nawr, gollyngwch fi, y diawliaid!'

Edrychodd Ben a Huw ar ei gilydd yn ddryslyd. Roedd y ddau'n cael eu galw'n 'ddiawliaid' er eu bod newydd helpu'r gŵr a'i godi ar ei draed.

'Fe wnest ti ddweud celwyddau y tro diwethaf oeddet ti mewn picil! Ond y tro hwn fyddi di ddim mor ffodus!' meddai, cyn morio allan o'r siop.

DING!

Wrth i Huw ailgodi'r carwsél, dechreuodd Ben ailosod y cardiau yn ôl ar y silffoedd.

'Am beth oedd o'n fwydro?' gofynnodd Huw.

'Sgen i ddim mwy o syniad na thwrch daear am yr haul!' atebodd Ben, yn gelwyddog.

'Paid â dweud anwiredd! Fi yw d'ewyrth Huw. Sdim angen cadw cyfrinachau oddi wrtha i.'

'Does gen i ddim cyfrinachau!'

'Mae gynnon ni i gyd ein cyfrinachau! Rhywbeth ynglyn â dy nain, ia?'

'Naci!' atebodd Ben, braidd yn rhy gyflym i swnio'n onest. 'Well imi fynd adref. Mi fydd Mam a Dad yn poeni amdana i.'

'Ia. Dos di. Fasat ti'n hoffi mynd â'r copi diweddaraf o 'DAWNSIO DAWNSIO' efo ti i dy fam? Mae hi'n ei dderbyn bob mis. Ac mae Flavio ar y clawr mis hwn!'

Yn wir, roedd llun o'r Eidalwr hunanfoddhaus yr olwg

ar y clawr, ac eilun serch DAWNSIO GYDA'R SÊR yn chwythu cusan i'r darllenydd.

'O, na! Nid hwn eto!' meddai Ben wrtho'i hun. 'Ia, iawn. Af i â chopi iddi.'

Aeth Huw i chwilio a chwalu yn y siop nes iddo o'r diwedd ddod o hyd i gopi. 'A! Dyma fo, yn y rhewgell! Ble arall? Ei gadw fo'n ffres iti!'

Heb oedi ymhellach, rhoddodd y cylchgrawn i Ben. Roedd y tudalennau wedi rhewi'n gorn!

BRRRRR!

Rhoddodd Ben y cylchgrawn tu mewn i'w gopi o **BYD Y PLWMWR**. Doedd o ddim eisiau i bawb feddwl ei fod o'n darllen y misolyn 'DAWNSIO DAWNSIO'! Roedd hi'n well ganddo danciau dŵr a pheipiau copr na'r *Rumba* neu'r Tsa-tsa-tsa! Rhoddodd ei arian ar y cownter.

'Dyma chi, Huw!'

'Mae bargeinion i'w cael ar y siocledi gwyn.'

'Dim diolch, Huw. Dwi ddim yn rhy hoff o siocled gwyn.'

'Gad imi weld,' meddai Huw, gan ddatod papur oddi ar y siocled gwyn a oedd a y cownter.

'Mae hwn yn ugain oed. A 'drycha – ti'n ffodus! Mae'r siocled gwyn wedi troi'n frown!'

Doedd Ben ddim am fentro'i fwyta. 'Na, dwi'n iawn, diolch, Huw!'

'Plant heddiw! Dach chi mor ffyslyd!' Torrodd y gwerthwr papurau newydd ddarn o siocled a'i flasu.

'Blasus iawn! Wn i be wna i. Rhoddaf y siocled gwyn sydd wedi mynd yn frown ym mhapur y siocled du, a rhoi'r siocled du sydd wedi mynd yn wyn ym mhapur y siocled gwyn. Dwi'n athrylith!'

'Atgoffwch fi beidio prynu siocledi yn eich siop byth eto!'

'Un fargen arall?'

'Pa fargen yw honno?' meddai Ben yn flinedig.

'Mae gen i wisgoedd ffansi heb eu defnyddio ar ôl Noson Calan Gaeaf.'

'Dim diolch, Huw.'

'Ond Ben, ti wastad wedi bod eisiau gwisgo fel tywysoges fach ddel!'

'NAC'DW!' atebodd y bachgen, yn gadarn.

'O! Wel, mi ydw i! Neu beth am wisg cimwch?'

Yn wir, roedd ganddo wisg cimwch ar werth.

'Yn rhyfedd iawn, dwi ddim angen un!' oedd ateb Ben, braidd yn sarhaus.

'Prynu naw gwisg cimwch, a chael y ddegfed yn rhad ac am ddim!'

'Hwyl, Huw!'

Hwyl!' meddai'r gwerthwr papurau newydd siriol. 'Ti newydd wrthod bargen y ganrif!'

DING!

4

Tu allan i'r siop, wrth ymyl Reliant Robin coch Huw (hen gar yr oedd wedi ei enwi'n *TAID**) sylwodd Ben ar rywbeth rhyfedd. Safai blwch post ar y stryd. Yr hyn oedd yn od oedd y ffaith doedd Ben ddim wedi sylwi arno pan aeth i mewn i'r siop. Penderfynodd anghofio am y peth – wedi'r cwbl, dyw blychau post ddim yn ymddangos o unlle mewn munudau – a dechreuodd gerdded adref. Fodd bynnag, wrth droi ei gefn, roedd yn siŵr iddo weld y blwch post yn symud. Dechreuodd Ben gerdded yn gyflymach, cyn troi rownd yn sydyn. Roedd y blwch post yn ei ddilyn! Dechreuodd Ben redeg. Pan edrychodd yn ôl, gwelodd y blwch post yn rhedeg hefyd! Roedd o'n cael **ei erlid gan flwch post!**

Edrychodd i lawr a sylwodd fod pâr o esgidiau cryfion brown i'w gweld wrth waelod y blwch post. Byddai'n

---

* 'Taid' am ei fod yn hen, yn pesychu wrth fynd, ac yn nogio bob yn ail ddiwrnod.

adnabod yr esgidiau yna gyda'i ben mewn pwced o dywod ... Mr Mostyn oedd o! Roedd y cythraul busneslyd yn ei ddilyn!

Doedd Ben ddim y rhedwr cyflymaf. Arferai gerdded y ras draws gwlad yn yr ysgol, gan groesi'r llinell derfyn y diwrnod canlynol. Fodd bynnag, gydag ychydig o ymdrech, gallai redeg yn gynt na phensiynwr wedi ei guddwisgo fel blwch post! Rhedodd fel pe bai ei fywyd yn y fantol.

Dilynodd Ben lwybr tarw ar draws y parc cyn gwibio trwy'r maes chwarae. Dechreuodd nosi, ac roedd ceidwad y parc yn cloi'r parc am y nos.

'MAE'R PARC WEDI CAU!' gwaeddodd ar Ben, ond aeth hwnnw'n ei flaen.

Doedd y blwch post ddim yn bell tu ôl iddo.

'AC MAE HYNNY'N DY GYNNWYS DI HEFYD, FLWCH POST!'

'DWI'N YSBÏWR AR RAN MUDIAD GWARCHOD Y GYMDOGAETH! FELLY PEIDIWCH Â GWEIDDI, DDYN!' meddai'r llais o du fewn i'r blwch post cardbord.

Neidiodd Ben dros ffens ac i mewn i'r maes chwarae. Cwympodd y blwch post ar ei ôl.

BWFF!

Yn daer i ddengyd o grafangau'r blwch post, siglodd Ben ar sigl, llithrodd i lawr sleid a stryffaglodd i fyny ffrâm ddringo. Yn ffodus i Ben, doedd Mr Mostyn ddim yn gallu gweld yn rhy dda o du mewn i'w gudd-wisg. Cerddai o gwmpas fel dyn wedi meddwi cyn taro'n erbyn y ffrâm ddringo.

CLONC!

Disgynnodd i'r llawr.

Yno, rowliodd Mr Mostyn fel chwilen ar ei chefn, ei goesau'n cicio yn yr awyr.

'HELPA FI, Y LEMBO. HELPA FI!' meddai'r waedd o'r tu mewn. 'DWI'N YSBÏWR AC AR GANOL TASG DRA CHYFRINACHOL!'

'Rhowch gyfle i mi, Mistar Chwilen!'

Gyda chryn anhawster, cododd ceidwad y parc y blwch llythyrau oddi ar y llawr. Chwarddodd Ben yn foddhaus cyn dianc trwy wrych.

GW/RYYYYYCH!

Bellach, edrychai Ben yn debyg iawn i wrych. Glynai brigau a dail i'w ddillad. Ond cariodd ymlaen i redeg.

Roedd ei goesau'n rhedeg fel bochdew ar olwyn, ei galon yn curo fel injan ddyrnu, a'i feddwl mor effro â diwrnod o wanwyn. Er ei ecsentrigrwydd, roedd Mr Mostyn yn llygad ei le. Roedd olion **Y GATH DDU** ar ladrad Coron yr Archdderwydd.

Lladrad o adeilad sydd yn cael ei warchod yn wych.

Dwyn ym mherfeddion nos.

Rhywun wedi ei wisgo o'i gorun i'w sawdl mewn gwisg ddu.

Cipio eitem enwog ac amhrisiadwy.

A chliw oedd yn defnyddio llythrennau Scrabble.

Hefyd, yn bwysicach na dim, lladrad er mwyn cael antur ydoedd, nid er mwyn dwyn.

Byddai'n amhosib gwerthu Coron yr Archdderwydd. Pwy fyddai'n prynu rhywbeth mor adnabyddus, rhywbeth byddai pawb yn y byd yn gwybod ei fod wedi ei ddwyn? Byddai'n amhosib ei arddangos a'i gwerthu. Pe baech yn ceisio gwneud hynny, byddech yn cael eich arestio a'ch rhoi yn y carchar. AM BYTH!

Dywedodd Nana Crwca wrth Ben ei bod yn dwyn tlysau am ei bod yn cael mwynhad wrth wneud hynny. Ni werthodd ddim. Ond roedd Nana Crwca wedi gadael y byd hwn ers blwyddyn, ac roedd Ben wedi bod yn trwsio sedd y lle chwech y noson cynt. Pe bai wedi dwyn Coron yr Archdderwydd, byddai'n siŵr o gofio!

Ond doedd hynny ddim yn profi ei fod yn ddiniwed.

Roedd Mr Mostyn yn fwy na pharod i gyhuddo Ben. Ofnai'r bachgen y byddai'n cael y bai os na fyddai'n llwyddo i ddarganfod pwy oedd y drwgweithredwr go iawn! Efallai byddai Mr Mostyn yn cael ei ddymuniad, sef gweld Ben yn y carchar!

Aeth pethau o ddrwg i waeth pan welodd Ben oleuadau a chlywed cerddoriaeth yn dod o'i dŷ. Golygai hyn *un* peth y unig. Roedd ei fam a'i dad yn ymarfer dawns arall ...

Y FATH GYWILYDD! Y FATH GYWILYDD!

Wrth edrych yn ôl, ni allai Ben weld neb yn ei ddilyn, ond er mwyn taflu Mr Mostyn oddi ar y trywydd, sleifiodd i lawr llwybr cul cyn neidio dros ben wal. Yna, cerddodd ar draws gerddi ei gymdogion, gan neidio dros ffensys cyn cyrraedd ei dŷ. Tu allan roedd hi'n dywyll fel bol buwch, ond tu mewn, goleuwyd y tŷ gan belen ddisgo a goleuadau amryliw yn fflachio. Clywyd swn cerddoriaeth hoff raglen ei rieni, sef DAWNSIO GYDA'R SÊR, ac roedd y swn mor uchel nes bod y tŷ yn ysgwyd.

TAD-DAD-DA!

Pwysodd Ben ei drwyn ar wydr y drws. Edrychodd i mewn i'r ystafell fyw. Gwisgai ei rieni siwtiau oedd yn matsio – Mam yn gwisgo gwn piws, hir, sidan gyda secwinau, a Dad yn gwisgo crys tyn piws gyda gwregys trwchus. Ar un olwg, gallai'r ddau edrych fel dawnswyr proffesiynol, ond y gwir oedd bod y pâr yn bell o fod yn broffesiynol, nac yn ddawnswyr! Ond roeddynt yn arbennig o dda am hyrddio ei gilydd o gwmpas yr ystafell.

CRASH!

Cafodd y gadair freichiau ei tharo drosodd.

BANG!

Cafodd y bwrdd coffi ei droi â'i ben i lawr.

CNOC!

Trowyd y lamp ben i waered.

Wrth i Ben wylio gyda CHYWILYDD, dechreuodd ei rieni ddawnsio dawns a oedd yn siŵr o fod yn un DRYCHINEBUS!

Cododd Mam ei dad i'r awyr gerfydd ei fferau. Yna, dechreuodd ei droi mewn cylchoedd o gwmpas yr ystafell fyw. Y broblem oedd ei bod hi'n ei droi'n llawer rhy gyflym.

WHIIIR!

Trodd Dad mor aneglur â niwl.

Ac edrychai fel pe bai Mam, gyda'i hewinedd hir, ffals, yn debygol o golli ei gafael unrhyw eiliad.

Cnociodd Ben ar y drws gwydr a gwaeddodd, **'STOPIWCH!'**

'AAA!' sgrechiodd Mam. Dychrynodd gymaint wrth weld gwrych yn siarad tu allan yn y tywyllwch, gollyngodd goesau Dad.

WPS!!

'AAAAAA!'

sgrechiodd Dad wrth iddo hedfan

trwy'r awyr.

WHYYYYYSH!

'!'

5

Yr ochr arall i'r drws gwydr, edrychodd Ben yn syfrdan ar ei dad yn hedfan ar draws yr ystafell fel SuperTed*.

Glaniodd â'i ben ucha'n isaf ar y soffa.

BWMFF!

Trowyd y soffa drosodd, gyda Dad arni, gan rym yr hyrddiad.

DWMFF!

Ar hynny, daeth cerddoriaeth DAWNSIO GYDA'R SÊR i ben gyda TA-DA olaf.

Datglodd Mam y drws i'r ardd a daeth Ben i mewn.

'O, Ben! Welais i mohonat yn fan'na! Pam wyt ti wedi gwisgo fel gwrych?

'Dyna mae plant cŵl yn ei wneud dyddiau 'ma!'

---

*Crëwyd y cymeriad SuperTed gan Mike Young yn 1978. Erbyn 1986 roedd y llyfrau a'r gyfres animeiddio i'w gweld mewn dros 30 o wledydd.

'A beth oeddet ti'n wneud allan yn yr ardd yn y tywyllwch?'

'Yyymm ... mwynhau eich gwylio chi'n dawnsio,' meddai Ben, yn uwd o gelwyddau. 'Ydy Dad yn iawn?'

'O, na! Mae ewin ar goll!' meddai Mam, gan chwilio ar hyd y carped. 'Helpa fi i ddod o hyd iddi!'

Gwelodd Ben yr ewin biws, ffug, sgleiniog wrth y lle tân.

'Dyma hi'n fan'ma!'

'O, 'na hogyn da wyt ti!' meddai, gan gymryd yr ewin a'i gosod yn ôl ar ei bys. 'Ddoist ti â fy nghopi o *DAWNSIO DAWNSIO* efo ti? Mae Flavio ar y clawr mis hwn!'

'Do, Mam! Mae o gen i'n fan'ma!' meddai Ben, wrth iddi ei gipio o'i law a syllu'n hiraethus ar y clawr.

'O! Flavio! Fy Flavio-pafio fi!' meddai, yn cwynfan fel colomen.

'Ydy Dad yn ocê?'

'O! Mi fydd o'n iawn! Dyma'r degfed tro iddo wneud hyn heddiw! Rhaid iddo ddysgu sut i ddal gafael!'

'YYYYY!' meddai llais griddfanllyd o'r tu ôl i'r soffa.

'Dad? Dach chi'n iawn?'

'Fy mhen-glin!' cwynodd, yn amlwg mewn poen.

'Mae o wedi cael trafferth ofnadwy efo'r pen-glin yna ers iddo blygu arno a gofyn i mi ei briodi. Bu rhaid i mi ei godi i fyny bryd hynny hefyd!' meddai Mam.

'Mi ddisgynnodd y soffa ar fy mhen-glin! Fedar rhywun roi help llaw imi godi, os gwelwch yn dda!' plediodd Dad.

Gyda'i gilydd, cododd Ben a Mam y dyn druan ar ei draed.

'OOO!' sgrechiodd Dad, wrth sythu ei goes.

'Be sy'n bod RŴAN eto, Maldwyn?' gofynnodd Mam.

'Mae 'mhen-glin i wedi darfod o'r diwedd, Llinos! Rhaid imi eistedd!'

Gan fod pob sedd ar chwâl, cafodd ei hebrwng i gyfeiriad y bwrdd coffi gan Mam. Wrth i Dad geisio eistedd, cafodd broc yn ei ben-ôl gan un o'r coesau.

'AW!' gwaeddodd. 'FY NHIN I!'

Roedd y bwrdd coffi â'i ben i waered.

Defnyddiodd Ben ei holl nerth i sythu'r gadair freichiau, cyn rhoi ei dad i eistedd arni.

'WFF!' meddai Dad.

'O, pam, o, pam, o, pam wnes i dy briodi di a dy ben-
glin pethma? Dyliwn fod wedi priodi Flavio Flavioli pan
ges i gyfle!'

Flavio Flavioli oedd y dawnsiwr mwyaf poblogaidd ar
DAWNSIO GYDA'R SÊR. Fo oedd arwr mawr Mam.
Roedd wedi mopio'n lân amdano, fel pob dynes arall ar
wyneb daear, ac ambell ddyn hefyd. Roedd gan Mam
gasgliad gwych o femorabilia Flavioli-aidd – mwy na
thebyg y mwyaf yn y byd.

Ar wahân i'r lluniau, posteri a pheintiadau o'r dawnsiwr
a oedd yn addurno waliau'r tŷ (tynnwyd lluniau o Ben o'r
waliau i wneud lle iddynt!), roedd gan Mam hefyd:

gopi o'i hunangofiant, *Y Dawnsiwr
Gorau Welodd Y Byd Erioed*, wedi ei
arwyddo (ond yn anffodus 'I Colin') ...

hosan Flavio wedi ei fframio, yr un a
wisgodd yn y bennod gyntaf erioed
o DAWNSIO GYDA'R SÊR (heb
ei golchi) ...

'O, Flavio!'

dol blastig o Flavio

(wedi ei chnoi rhyw gymaint) ...

potel o bersawr personol

Flavio, o'r enw PWFF PWFF ...

potel o gŵyr clust Flavio ...

sedd tŷ bach swyddogol DAWNSIO

GYDA'R SÊR gyda llun Flavio arni ...

rhaglen o daith ddawnsio

glitsi Flavio o'r enw FI! FI!

FI! ...

blewyn o gesail Flavio a dynnwyd

gan ffan gorawyddus ...

darn o grystyn pitsa gydag ôl dannedd

Flavio arno, ar ôl iddo ei adael ar blât

mewn bwyty saith mlynedd yn ôl ...

a darn o ewin troed Flavio a oedd yn y
bath mewn gwesty, yn ystod taith olaf
DAWNSIO GYDA'R SÊR.

'Chefaist ti erioed gynnig i fod yn gariad i Flavio!'
meddai Dad.

Nodiodd Ben.

'Mi wnest ti ei gyfarfod unwaith mewn cystadleuaeth
ddawnsio! Ac roedd hynny pan roist ti gusan bywyd iddo
i'w adfywio ar ôl iddo gael ei daro gan esgid tapdawnsiwr!'

'Roeddwn i'n gallu dweud bod Flavio'n hoff iawn ohona
i!' mynnodd Llinos.

'Roedd o'n anymwybodol!'

'Oedd! Achos bod fy mhrydferthwch yn ormod iddo!'

Roedd gwrando ar ei fam yn mynd ymlaen ac ymlaen
fel tiwn gron am Flavio yn diflasu Ben, felly newidiodd
y pwnc yn syth. 'Glywsoch chi fod rhywun wedi dwyn
Coron yr Archddwewydd?'

'Wrth gwrs hynny!' meddai Dad. 'Roedd eitem arno ar
NEWYDDION SAITH, HENO, a POST PRYNHAWN.'

'Ar bob un rhaglen,' ychwanegodd Mam. 'Pawb wedi

diflasu clywed am y miri. Pam na newn nhw ddim prynu coron newydd i'r Archdderyn a dyna ddiwedd arni?'

'Arch**DDERWYDD!**' cywirodd Ben.

'A hwnnw hefyd!' meddai ei fam.

'Pwy dach chi'n feddwl ddwynodd hi?' gofynnodd Ben.

Meddyliodd Dad yn ddwys am ennyd cyn ateb, 'Lleidr?'

'Dwi'n gwybod mai lleidr oedd o, Dad. Ond pwy?!'

'Yr unig beth ddalltish i oedd mai rhywun gyda phum llythyren ar goll o'i focs Scrabble ydy'r lleidr. Sy'n golygu sgôr isel iawn i'r sawl sy'n chwarae, 'te! Nawr, bydd yn hogyn da, Ben, a cod waelod fy nhrowsus i fyny!'

Nid oedd hynny'n waith rhwydd iawn oblegid roedd y trowsus satin piws fel ail groen amdano, fel pe bai wedi tyfu ar goesau Dad. Ond, fel gwasgu past dannedd o diwb, llwyddodd Ben i dynnu coes ei dad allan o'r trowsus.

'AWWWIII!' sgrechiodd ei dad mewn poen, wrth i'w drowsus gael ei godi a'i rowlio dros ei ben-glin mawr, a hwnnw mor feddal ag wy heb ei ferwi.

'O! Druan â ti! Hwnna'n edrych yn ddrwg!' meddai Mam.

'Fydda i ddim yn gallu dawnsio wythnos nesaf yn

Neuadd Albert!' gwaeddodd Dad, cyn dechrau llefain y glaw. 'WAA! WAA! WAA!'

'Be dach hi'n feddwl "dawnsio yn Neuadd Albert"?' gofynnodd Ben. Hwnnw oedd un o adeiladau enwocaf Llundain, ac yn gartref i nifer o sêr mwya'r byd. Doedd y neuadd ddim y math o le fyddai'n gwahodd rhywun fel ei rieni i berfformio yno.

'Roeddan ni am roi syrpreis iti!' meddai Mam. ''Dan ni'n gwybod cymaint ti'n caru dawnsio ... '

Ceisiodd Ben gymryd arno ei fod o'n cyd-fynd â'i fam. 'O, yndw. Caru dawnsio. Bron cymaint â dwi'n caru plymwaith.'

'Breuddwyd ffwl yw bod yn blwmwr, hogyn,' meddai Dad. 'Rhaid iti gael swydd go iawn tu cefn iti.'

'Fel dawnsiwr proffesiynol!' ychwanegodd Mam. 'Dyna pam mai dy anrheg Nadolig di eleni gan dy dad a minnau yw sedd yn y rhes flaen i wylio ni'n dau'n cystadlu mewn pencampwriaeth dawnsio yn Neuadd Albert! O flaen y Frenhines!'

Roedd wyneb Ben yn bictiwr. Sut ar y ddaear oedd ei fam a'i dad wedi cael cynnig cystadlu mewn pencampwriaeth ddawnsio yn Neuadd Albert? Y gair gorau i'w disgrifio fyddai 'brwdfrydig'.

'Dwn i ddim pam ti'n edrych fel dy fod newydd weld bwgan, Benjamin!' meddai Mam.

Roedd hi bob amser yn ei alw'n Benjamin pan oedd wedi pechu yn ei herbyn.

'Wel, fel dach chi'n gwybod, mae ... ' meddai Ben, gan dagu ar ei eiriau.

'Na! Dwi ddim YN gwybod!'

Edrychodd Dad ar ei wraig. 'Wel, Llinos, mi *wnest* ti ddweud ychydig o anwiredd ar y ffurflen gais.'

'Efallai 'mod i wedi dweud ein bod ni wedi ennill cwpl o gwpanau am ddawnsio, a ninnau heb ennill rhai ohonyn nhw. '

'Dach chi ddim wedi ennill yr un cwpan o gwbl!' atebodd Ben.

'Dim *eto*, naddo ... '

'Ac mi ddeudsoch wrtha i fod dweud celwydd yn rong!'

'Ia, wel, 'di o'm yn iawn i blant ddweud celwydd, ond mae'n iawn i oedolion ddweud ambell un ... weithiau.'

Ychwanegodd Dad ei bwt i'r sgwrs. 'Dywedodd dy

fam ein bod ni'n ddawnswyr enwog o Ynys Enlli*. O dde'r ynys, a bod yn fanwl gywir.'

'Ynys Enlli?!'

'O dde'r ynys ... a bod yn fanwl gywir,' meddai Mam, yn adleisio Dad.

'Ynys Enlli?' poerodd Ben. 'Dach chi ddim wedi bod yn bellach nag Ynys Seiriol** heb sôn am Ynys Enlli!'

'Mi ddywedodd ein bod ni'n ddawnswyr proffesiynol sydd wedi ymddangos ar fersiwn Ynys Enlli o DAWNSIO GYDA'R SÊR.'

'Oes rhaglen o'r fath yn bodoli?'

'Nag oes,' atebodd Mam. 'Ond dyna yw cryfder ein cynllun! Neith neb drafferthu mynd ati i brofi'r ffaith.'

Gwenodd Dad a nodio. Ochneidiodd Ben. Roedd ei rieni'n amlwg DDIM LLAWN LLATHEN!

'Wel, dwi dim am golli cyfle i berfformio o flaen Ei Mawrhydi y Frenhines,' meddai Mam.

'Wel, mae'n ddrwg iawn gen i orfod dweud wrthat ti, Llinos, ond bydd rhaid iti anghofio am hynny!' meddai Dad, yn siarp. 'Mae gen i ben-glin clec!'

---

*Ynys fechan iawn yw Ynys Enlli, rhyw ddwy filltir oddi ar arfordir Pen Llŷn. Dim ond llond llaw o bobl sydd yn byw arni, ond credir bod ugain mil o seintiau wedi eu claddu yno.

**Mae Ynys Seiriol oddi ar de-ddwyrain Ynys Môn. Ynys fechan yw hi, yn llai nag Enlli.

Cronnodd dagrau yn llygaid Mam.

'Ddrwg gen i, Mam,' meddai Ben, gan afael yn ei llaw. 'Mae'n rhy hwyr i chi ddod o hyd i bartner arall ar gyfer y noson.'

'Hmmm. Efallai nad yw hi'n RHY hwyr,' atebodd, gan edrych ym myw llygaid Ben. Trodd y bachgen at ei dad. Edrychodd hwnnw ym myw ei lygaid hefyd.

'Dach chi erioed yn awgrymu ...' meddai Ben, gan dagu ar ei eiriau unwaith yn rhagor. 'FI?!'

Nodiodd ei fam a'i dad.

'NAAAAAAAAAAAAAAAAAA AAAAAAAAAAAAAAAAAAAAA AAAAAAAAAAAAAAAAAAAAA AAAA!'

gwaeddodd.

6

TUN BISGEDI

'Dwi ddim am ddawnsio byth, byth eto!' gwaeddodd Ben.

'Dim hyd yn oed gyda dy fam?' plediodd Mam.

'Yn enwedig gyda fy mam! Mae dawnsio yn rhywbeth od iawn i'w wneud, ond mae dawnsio gyda fy mam yn rhywbeth ofnadwy o od!'

'Ddyweda i wrthat ti beth sy'n fwy od nac ofnadwy o od, Benjamin! Hogyn o d'oed di yn rhoi ei law i lawr y toiled!'

'Roedd darn o gaca wedi mynd yn sownd!'

'Paid â dweud y gair "caca" wrth dy fam!' dwrdiodd Dad.

'Tydi "caca" ddim yn air hyll! "Cachu" sy'n air hyll! Gwrandwch, tydw i ddim yn mynd i ddawnsio gyda chi o flaen y Frenhines tra bod y byd yn grwn!'

Trodd Mam ei phen ac edrych i gyfeiriad y ffenest.

'Dach chi'n iawn, Mam?'

'Mae gen i rywbeth yn fy llygaid, dyna i gyd,' atebodd, cyn dechrau cogio crio. 'BW! HW! HW!'

Edychodd Ben ar ei dad, ond doedd gan hwnnw ddim syniad sut i ymateb chwaith.

'Nos da!' meddai Ben, cyn rhedeg allan trwy'r drws ac i fyny'r grisiau i'w ystafell wely.

Rhoddodd y golau ymlaen.

SWITS!

Roedd ystafell wely Ben yn llawn atgofion am ei nain.

Roedd ganddo luniau ohoni wedi eu fframio: un o Ben a hithau gyda'i gilydd, ac un du a gwyn o Nana Crwca yn edrych yn hynod o ddel pan oedd hi'n ferch ifanc. Roeddan nhw'n atgoffa rhywun bod hen bobl wedi bod yn ifanc ar un adeg. Maen nhw wedi cael blynyddoedd o anturiaethau cyn i rywun gael ei eni.

Ar y silff roedd tuniau o gawl **BRESYCH** Nana Crwca. Doedd gan Ben ddim mo'r awydd lleiaf eu bwyta – roedd gas ganddo'r blas chwerw. Ond roedd edrych arnynt yn dod â gwên i'w wyneb. Cawl **BRESYCH** fyddai o'n ei fwyta bob tro yr oedd o'm ymweld â Nana Crwca.

Dan ei wely roedd eiddo mwyaf gwerthfawr ei nain: tun

bisgedi lle'r oedd hi'n arfer cadw ei thlysau. Derbyniodd Ben y tun gan y siop elusen fel cydnabyddiaeth am ddadflocio'r tŷ bach. Canfod y tun oedd man cychwyn yr antur. Pe bai'n ddigon lwcus i fod yn daid rhyw ddydd, meddyliodd Ben y gallai adael rhai o'r tlysau i'w ŵyr ac efallai cychwyn **antur o'r newydd**.

Wrth i Ben fynd heibio'r ffenest, daliodd rhywbeth ei sylw. Edrychodd allan. Roedd rhywbeth yn symud dros doeon y tai gyferbyn. Gwyrodd Ben a chropian ar ei bedwar at y drws er mwyn diffodd y golau.

SWITS!

Nawr, roedd hi'n amhosib i rywun ei weld o'r tu allan. Gafaelodd mewn darn o biben fetel, un gyda lens chwyddwydr ar un pen iddo i greu telesgop. Gan gadw'n isel, edrychodd drwy'r telesgop at y toeon.

'**Y Gath Ddu!**' sibrydodd Ben wrtho'i hunan.

Hon oedd yr un **Gath** 🐾 **Ddu!** roedd Ben wedi ei gweld yn y fynwent. Gallai ddweud o'r ffordd oedd hi'n symud – fel panther. Sleifiai'n llechwraidd dros y toeon oedd wedi eu gorchuddio gan eira. Nid oedd gan y gath ofn yr un dyn byw wrth neidio o ben un to i'r llall. Craffodd Ben ar ei hwyneb. Trodd y gath i edrych arno, a gwenodd cyn rhoi un naid hir arall

a diflannu o'r golwg.

7

Y PLENTYN MWYAF CŴL YN Y BYD

'Pwy fyddai'n gwneud y fath beth?' meddai Dad drannoeth wrth y bwrdd brecwast, ei bapur newydd yn ei law. Gwisgai ei iwnifform gwarchodwr, ond roedd coes ei drowsus wedi ei rowlio'i fyny a bag o bys wedi rhewi ar ei ben-glin poenus. Eisteddai Mam wrth ei ymyl, yn darllen y misolyn *DAWNSIO DAWNSIO*.

'Gwneud beth, Dad?' gofynnodd Ben, gan roi jam ar ei dost.

'Edrycha, Ben!'

Roedd y stori mor DDRAMATIG nes llenwi'r DUDALEN FLAEN.

CWPAN Y BYD WEDI EI DDWYN!

Neithiwr, yn dilyn lladrad beiddgar, dygwyd Cwpan Pêl-droed y Byd. Mae'r cwpan byd-enwog yn dangos dau ffigwr yn gafael yn y byd. Roedd y cwpan yn cael ei arddangos yn Stadiwm Wembley. Cafodd ei ddwyn yng nghanol nos gan ffigwr wedi ei wisgo o'i gorun i'w sawdl mewn du. Yn union fel lladrad Coron yr Archdderwydd, gadawodd y lleidr gliw ar ei ôl. Y tro hwn, ar y plinth lle'r oedd y cwpan yn cael ei arddangos, sillafwyd MIAAW mewn llythrennau Scrabble. Cred yr heddlu mai'r un lleidr sydd y gyfrifol am ddwyn Coron yr Archdderwydd. Ond hyd yma, nid oes ganddynt syniad pwy yw'r lleidr. Os oes rhywun yn gwybod rhywbeth am y lladrad, rhowch wybod i'r heddlu ar unwaith.

Llyncodd Ben yn galed.

Roedd ef wedi bod yn ei wely trwy'r nos.

Doedd o ddim hyd y oed yn *hoff* o BÊL-DROED.

Doedd ganddo AFFLIW O DDIM diddordeb yng **NGHWPAN Y BYD**.

OND roedd Mr Mostyn yn siŵr o roi'r BAI arno.

Roedd yn rhaid i'r bachgen wneud ychydig o waith ditectif. Fel arall, byddai Ben ar ei ben yn y carchar am drosedd doedd o ddim wedi ei chyflawni!

'**CWPAN Y BYD!** Un o'r pethau prydferthaf ar y blaned!' meddai Dad yn ddagreuol, gan sychu ei lygaid gyda'i lewys.

'Naci!' cywirodd Mam, heb godi ei phen o'r misolyn *DAWNSIO DAWNSIO*. 'Y peth prydferthaf ar y blaned yw wyneb Flavio!'

'O, dim hwnnw eto!' meddai Dad dan ei wynt.

'Ac o, brensiach y bratiau! Mae'n dweud ym man hyn y bydd o'n cyflwyno'r gystadleuaeth ddawnsio yn Neuadd Albert! Ben, plis, **mae'n rhaid i mi ddawnsio yno!** Ac alla i ddim dawnsio ar ben fy hunan! Plis, plis, plis wnei di fod yn bartner imi?'

Penliniodd Mam fel pe bai'n gweddïo'n y capel.

Edrychodd Ben i fyny ar ei Dad am gymorth, ond cuddiodd y gŵr tu ôl i'w bapur newydd.

'Dwi wedi bod yn meddwl yn ofalus am hyn,' dechreuodd Ben.

'Wyt ti?' meddai Mam, yn obeithiol.

'A **NA** yw'r ateb o hyd!'

Dechreuodd Mam weiddi, 'Ond PAM, Ben, **PAM?!**'

Roedd biliynau o resymau, ond doedd dim digon o amser i'w rhestru yr eiliad honno. Yn hytrach, stwffiodd Ben ddarn cyfan o dost i'w geg.

'Ddrwg gen i, ond mae'n rhaid i mi ei heglu hi,' meddai gan fwmian, gan wneud fawr o synnwyr gan fod ganddo gymaint o fwyd yn ei geg.

'Beth wyt ti'n ddweud? Ble wyt ti'n mynd?' mynnodd Mam.

'**ALLAN!**' meddai Ben, gan boeri briwsion i bobman. **POER! POER! POER!**

Cododd o'r bwrdd.

'Ben! Dwed wrtha i ble wyt ti'n mynd?' gorchmynnodd Mam.

Stwffiodd y bachgen ddarn arall o dost i'w geg lawn. Doedd o ddim yn gallu siarad gair yn glir a doedd dim gobaith i neb ei ddeall, ac felly mi siaradodd rwdl-mi-ri.

'Manff cadlwrda ffibl-ffobl shimalong grwbi diplonc!'

Edrychodd Mam a Dad ar ei gilydd mewn dryswch llwyr.

'Be ddeudist ti?' gofynnodd Dad.

'Wel, paid â bod yn hwyr i dy de!' ychwanegodd Mam.

Rhuthrodd Ben allan o'r gegin ac aeth i'r garej. Yno, roedd cerbyd go arbennig yn aros amdano.

Hen sgwter Nana Crwca. Gadawyd y cerbyd i Ben yn ei hewyllys. Doedd ganddo ddim hawl i'w yrru eto gan mai deuddeg oed oedd o, ond gwyddai Ben fod hyn yn ARGYFWNG! Pe bai wedi gofyn caniatâd i'w rieni, byddai'r ddau wedi gwrthod a dweud 'na', ac felly penderfynodd mai'r peth gorau i'w wneud oedd peidio gofyn iddynt o gwbl. Syml!

Yn ystod y flwyddyn ddiwethaf, roedd y bachgen wedi gwneud newidiadau i'r sgwter.

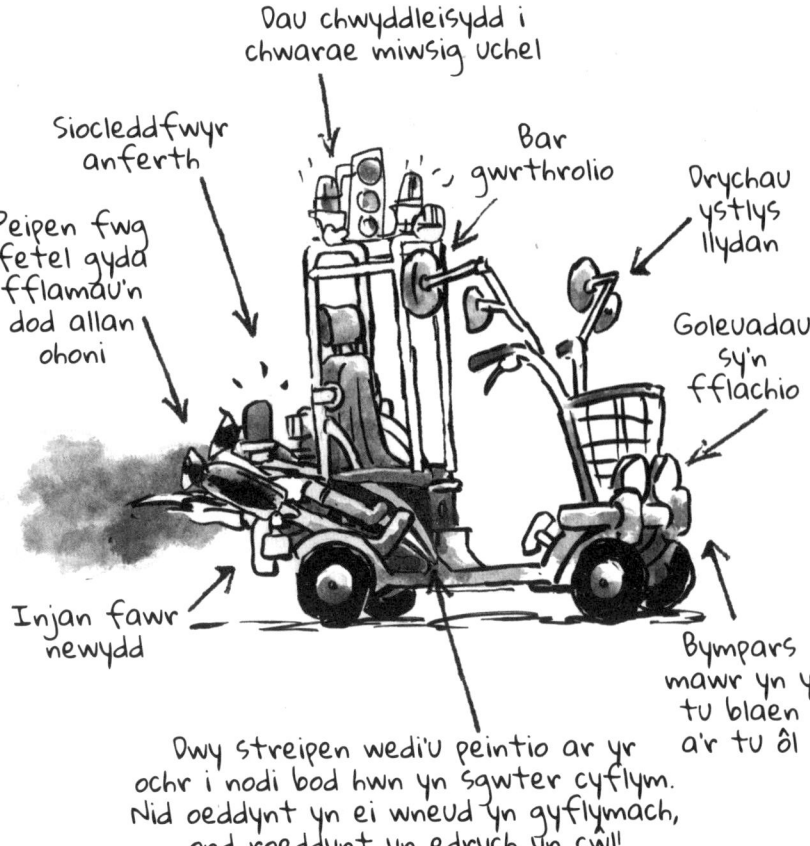

Dau chwyddleisydd i chwarae miwsig uchel

Siocleddfwyr anferth

Bar gwrthrolio

Drychau ystlys llydan

Peipen fwg fetel gyda fflamau'n dod allan ohoni

Goleuadau sy'n fflachio

Injan fawr newydd

Bympars mawr yn y tu blaen a'r tu ôl

Dwy streipen wedi'u peintio ar yr ochr i nodi bod hwn yn sgwter cyflym. Nid oeddynt yn ei wneud yn gyflymach, ond roeddynt yn edrych yn cŵl!

Yr unig broblem oedd bod Nana Crwca wedi galw'r sgwter yn **Sionci**. Doedd hwn ddim bellach yn enw addas i'r anghenfil hwn o gerbyd, ond credai Ben mai annoeth fyddai ei newid. Felly neidiodd arno a gweiddi, 'Tyrd yn dy flaen, **Sionci!** TÂN DANI!'

Yn araf, symudodd y sgwter allan o'r garej. Er yr holl newidiadau, doedd Sionci ddim yn mynd fawr cyflymach nag o'r blaen! Byddai cerdded yn gynt, ond meddyliodd Ben y byddai plant y dref yn eiddigeddus wrth ei weld yn gyrru SGWTER GORAU'R BYD!!

Rhoddodd y miwsig hip-hop yn uwch ac adleisiodd ar hyd y strydoedd.

HIP-HOP HWRÊ!

Edrychodd pobl yn hurt arno wrth iddo yrru heibio. Ond doedd dim ots ganddo. Teimlai fel y bachgen mwyaf cŵl yn y byd.

Ac ar ben hynny, daeth atgofion amdano'n gyrru ar gefn y sgwter gyda Nana Crwca ar y noson fwyaf GYFFROUS a gafodd erioed. Daeth deigryn i gornel ei lygad, un ai o achos yr atgofion neu o achos y gwynt, nid oedd yn siŵr iawn.

Pen y siwrnai oedd y llyfrgell. Yno, gallai ddod o hyd i lyfrau am yr Amgueddfa Brydeinig a Stadiwm Wembley. Pe bai'n gallu astudio'r adeiladau hyn fel yr astudiodd Tŵr Llundain, mae'n bosib y gallai ddarganfod sut wnaeth y lleidr dorri i mewn. Efallai byddai cliw pwy oedd y lleidr hefyd.

Trwy gydol yr amser, gyrrodd Ben yn araf ar hyd y palmant, gan edrych yn y drychau ystlys i weld a oedd rhywun yn ei ddilyn. Cadwodd lygad barcud ar y blychau post rhag ofn eu bod yn symud.

Ni symudodd yr un ohonynt.

Yn fuan, cyrhaeddodd Ben y llyfrgell. Trodd yn siarp a sglefrodd!

SGLEFR!

Stopiodd **Sionci** yn stond tu allan i ddrws y llyfrgell. Dyna oedd y fantais fawr o fod yn berchen ar sgwter: gallwch ei barcio yn unrhyw le!

Gwthiodd Ben ddrysau dwbl y llyfrgell ar agor a brasgamodd i mewn fel cowboi mewn ffilm.

ROEDD GAN Y BACHGEN WAITH PWYSIG I'W WNEUD!

8

'Esgusodwch fi,' meddai Ben wrth y llyfrgellydd oedd yn sefyll tu ôl i'r cownter.

'Ust!' meddai'r ddynes, gan bwyntio at arwydd yn dweud: **LLYFRGELL YW HON. ER MWYN Y NEFOEDD, BYDDWCH YN DAWEL.** Gwisgai'r hen wraig flin sbectol hanner lleuad, a orweddai ar ei thrwyn mawr. Syllodd yn swrth ar y bachgen.

'Esgusodwch fi!' sibrydodd Ben. 'Ble alla i ddod o hyd i lyfrau am adeiladau enwog fel yr Amgueddfa Brydeinig a Stadiwm Wembley, os gwelwch y dda?'

'Adran Bensaernïaeth. Ffeithiol,' atebodd, gan bwyntio.

'Diolch,' meddai Ben, cyn troi i fynd.

Edrychiad sur, gwyneb tin

Sbectol hanner lleuad ar gadwyn

Gwallt twt wedi ei byrmio

Bys wedi ei lyfu sydd byth a beunydd yn wlyb er mwyn troi tudalennau llyfrau

Perlau o amgylch ei gwddf

Blows lliw hufen

*Hances boced i fyny ei llawes

Broetsh hen ffasiwn

Wats hen wraig

Teits brown

Sgert o frethyn cartref

Esgidiau cyfforddus (wedi eu glanhau'n drwyadl)

Yn sydyn, cafodd y llyfrgellydd fflach o syniad.

Edrychodd yn amheus. Roedd y ddau adeilad soniodd Ben amdanynt wedi bod ar y newyddion.

*Mae nifer fawr o eiriau am hances boced. Yn eu plith mae ffunen boced, macyn poced, cadach poced, necloth, nicloth, hansier, hancisher, hanshed, neished, nisher a nishad.

'Ga i ofyn i ti pam wyt ti'n chwilio am y llyfrau dan sylw?' sibrydodd.

'Croeso i chi ofyn, ond dwi ddim am ddweud wrthoch chi!' atebodd Ben.

SURODD wyneb **SUR** y llyfrgellydd yn fwy sur fyth. 'Dwi'n mynnu cael ateb call!'

Pwysodd Ben ymlaen a sibrwd, fel bod neb yn gallu ei glywed. 'Dwi'n ysbïwr sy'n gwneud gwaith tra chyfrinachol, ac yn dweud dim ond yr hyn sy'n rhaid ei ddweud. A mae'n ddrwg gen i, ond does dim rhaid imi ddweud yr un gair wrthoch chi!'

Culhaodd llygaid y wraig. Credai Ben eu bod yn ei atgoffa o rywun. Ond ni allai ddyfalu pwy. Doedd dim amser i bendroni – roedd gwaith pwysig i'w wneud.

'Hwyl!' meddai, cyn gadael y llyfrgellydd.

Aeth Ben ati i chwilio am y llyfrau. Roedd un o'r enw AMGUEDDFEYDD LLUNDAIN ac un arall o'r enw **STADIA Y BYD**, a tynnodd y ddau oddi ar y silffoedd. Eisteddodd ar lawr cyn byseddu trwy'r tudalennau er mwyn dod o hyd i gynlluniau'r ddau adeilad. Roedd y cynnwys yn ddiddorol.

Adeilad hen a phrydferth oedd yr Amgueddfa Brydeinig gyda cholofnau Groegaidd ar ei du blaen. O'r tu allan, meddyliodd Ben mai'r unig ffordd i fynd i mewn fyddai trwy ffenestri crwn yr Ystafell Ddarllen, sef llyfrgell o dan gromen ANFERTH yr amgueddfa. Gan eu bod mor uchel, efallai byddai'n bosib eu hagor heb gael eich gweld liw nos. Fodd bynnag, edrychai'n amhosib i ddringo o'r tu allan a mynd i lawr tu mewn, yn enwedig wrth gario rhywbeth mor werthfawr â Choron yr Archdderwydd.

Roedd sôn mewn troednodyn bod twneli wedi eu hadeiladu o dan ddinas Llundain yn ystod yr Ail Ryfel Byd er mwyn gallu dianc o fomiau y Natsïaid. Cysylltai'r twneli nifer o adeiladau pwysig fel yr Amgueddfa Brydeinig, y Weinyddiaeth Amddiffyn, y Senedd, Rhif 10 Stryd Downing (cartref y prif weinidog) a Phalas Buckingham (cartref y teulu brenhinol). Fodd bynnag, y gred oedd eu bod wedi cau ers blynyddoedd.

Nesaf, aeth Ben ati i astudio Stadiwm Wembley. Yr unig ffordd i mewn yn y nos oedd hedfan uwch ei ben a glanio o flaen y pyst! Ond sut oedd hi'n bosib gwneud hynny heb gael eich gweld? Roedd awyrennau a hofrenyddion yn swnllyd ofnadwy. Doedd y cyfan ddim yn gwneud synnwyr. Er, roedd system ddyfrio newydd dan y cae. Efallai byddai'n bosib rhywsut i blwmwr ffeindio'i ffordd dan y ddaear.

Wrth i Ben bendroni am hyn, sylwodd ar bâr o **lygaid cochion** yn ysbïo arno rhwng y silffoedd llyfrau. Llygaid cochion wedi eu fframio gan sbectol hanner lleuad. Pan syllodd yn ôl ar y llyfrgellydd busneslyd, trodd y wraig i ffwrdd, a dechreuodd aildrefnu cynnwys y silff.

Penderfynodd Ben mai'r peth gorau i'w wneud oedd mynd â'r llyfrau gydag ef o'r llyfrgell. Wedyn, gallai eu hastudio mewn heddwch. Rhuthrodd i gyfeiriad y cownter, gan obeithio y byddai'n cael cymorth gan lyfrgellydd arall, ond na – dechreuodd yr hen wraig garlamu er mwyn ei ddal ar y ffordd.

'Dim ond y ddau yma, ia?' sibrydodd.

'Ia. Diolch!'

Astudiodd y wraig y ddau lyfr am ennyd, ac yna llygadu'r bachgen yn ddrwgdybus. 'Aros yn fan'ma am funud, os gweli'n dda. Rhaid i mi ffonio'r prif lyfrgellydd.'

Tro Ben oedd hi yn awr i fod yn ddrwgdybus. Doedd hyn ddim wedi digwydd o'r blaen pan fenthyciodd lyfrau am blymio.

'Pam?'

'Rhaid i mi weld a yw'r llyfrau ar gadw i rywun arall.'

Gyda hynny o eiriau, cipiodd y llyfrau o'i afael a'u gosod o'i gyrraedd ar y cownter. Yna, brasgamodd at ffôn. Roedd y teclyn hwnnw mor hen â hithau, a syllodd ar Ben gyda'i llygaid craff wrth iddi ddeialu rhif.

Rhoddodd y llyfrgellydd ei llaw dros ei cheg fel ei bod yn amhosib i Ben glywed y sgwrs. Meddyliodd bod hynny'n od.

Tra oedd hi ar y ffôn, gwelodd Ben ddynes hyd yn oed yn hŷn a mwy blin yr olwg yn pasio heibio'r cownter. Yr enw ar y bathodyn ar ei brest oedd:

MRS SWOT: PRIF LYFRGELLYDD

Golygai hyn ei bod hi'n amhosib i'r llyfrgellydd siarad â'r prif lyfrgellydd! Celwydd noeth oedd hyn i gyd!

Ni welodd y llyfrgellydd ei bòs. Ar ôl gorffen yr alwad sibrydodd, 'Mae'r prif lyfrgellydd yn gofyn a wnei di aros yn fan hyn am funud.'

'Mae hynny'n od,' meddai Ben.

'Beth sydd yn od?'

'Dwi newydd weld y prif lyfrgellydd yn cerdded heibio.'

SURODD wyneb y llyfrgellydd cymaint nes oedd Ben yn meddwl y byddai'n troi'n llaeth enwyn!

Edrychodd ar yr enw ar ei bathodyn. Yr enw oedd:

MISS SNOT: LLYFRGELLYDD

Edrychai'n union yr un fath â Mr Mostyn! Wel, nid yn **union** yr un fath, ond yn hynod o debyg. Yn enwedig y trwyn busneslyd. Ai chwaer y cymydog busneslyd oedd hon?

'Gaf i weld dy gerdyn llyfrgell di, os gweli'n dda, er mwyn i mi ddod o hyd i dy fanylion ar y ffeil?' meddai Miss Snot.

'Na!' meddai Ben, yn siarp fel cyllell cogydd. Neidiodd i fyny a cydio'n y llyfrau. Yna rhedodd nerth ei draed i gyfeiriad y drysau dwbl.

'DWI DDIM WEDI CAEL CYFLE I STAMPIO DY LYFRAU!' gwaeddodd Miss Snot. Adleisiodd ei llais trwy'r llyfrgell.

'Ust!' meddai Ben, gan bwyntio at yr arwydd oedd yn dweud: **LLYFRGELL YW HON. ER MWYN Y NEFOEDD, BYDDWCH YN DAWEL!**

Carlamodd trwy'r drysau gyda'r llyfrau dan ei gesail. Wrth edrych yn ôl, gwelodd Miss Snot yn rhedeg fel cath i gythraul. Taflodd Ben y llyfrau i fasged **Sionci** cyn ei heglu oddi yno ar ras wyllt!

RAAAAAAS!

Edrychodd yn ôl, a gwelodd Miss Snot yn neidio ar ei sgwter er mwyn ei erlid.

RAAAAAAS!

Dyma oedd

Y RAS ARAFAF ERIOED!

9

'Tân dani, **Sionci!** Tân dani!' gwaeddodd Ben, wrth roi
ergyd ysgafn i'r sgwter gan obeithio y byddai'n cyflymu.

WHIIIIR!

Rasiodd Ben a Miss Swot ar hyd y palmant. Neidiodd
siopwyr ar y stryd fawr o'u ffordd.

'GWYLIWCH!'

'HELP!'

'STOPIWCH Y BACHGEN!'

Roedd Miss Swot yn ei ddal i fyny'n araf bach. Trawodd
ben-ôl y sgwter â chopi clawr caled o Eiriadur yr Academi*.

WHAC! WHAC! WHAC!

'Cyflymach, Hedd Wyn!*' gwaeddodd Miss Swot ar ei sgwter, ac yn wir fe gyflymodd hwnnw'n syth.

WHIIIR!

Ydy pob llyfrgellydd yn rhoi enwau beirdd ar eu sgwter? meddyliodd Ben. Doedd dim amser i feddwl mwy am y peth gan fod Miss Swot bellach wrth ei ochr.

'TI MEWN DIPYN O BICIL, Y MWLSYN!' gwaeddodd y ddynes flin.

'Ddo' i â'r llyfrau'n ôl i chi peth cyntaf bore fory, dwi'n addo!' atebodd.

Wrth iddo weiddi ar Miss Swot, ni welodd Ben yr hyn oedd o'i flaen: siop groser gyda stondinau ffrwythau a llysiau tu allan iddi. Aeth Ben ar ei ben i'r byrddau.

CRASH!

IYCH-A-FI!

Roedd o'n slwj drosto, wedi ei orchuddio o'i gorun i'w sawdl gan:

*Ganwyd Ellis Humphrey Evans (Hedd Wyn), yn Nhrawsfynydd yn 1887. Anfonodd awdl i Eisteddfod Genedlaethol Penbedw 1917 ac enillodd y Gadair. Ond bu farw ym mrwydr Passchendaele, yng Ngwlad Belg, cyn ei gadeirio a gosodwyd cynfas ddu dros y Gadair. Hedd Wyn yw Bardd y Gadair Ddu.

Tomatos

Mwyar duon

Eirin

Gwsberis

Grawnwin

Melon dŵr

Eirin gwlanog

Bananas

Mafon

Mangos

Edrychai fel lolipop ffrwythau anferth!

'Oi!' gwaeddodd y groser. 'TYRD YN ÔL!'

CLYNC! CLONC! CLINC!

Edrychodd Ben i lawr a gweld bod Miss Swot yn gyrru

HEDD WYN yn erbyn **Sionci**.

'Be dach chi'n wneud?' gofynnodd Ben.

'Difa fo, Hedd Wyn!' gwaeddodd Miss Swot, gan daro'r sgwter unwaith yn rhagor gyda'r geiriadur!

THWMP!

Tynnodd y cyrn yn sydyn i'r chwith gan orfodi Ben i yrru i lawr llwybr cul.

'HA! HA!' chwarddodd Miss Swot.

'Be sydd mor ddoniol?'

'Ti wedi cael dy ddal!'

Gwyddai Ben fod maes parcio gerllaw. Gallai ddianc trwy hwnnw!

Fodd bynnag, cyn gynted ag yr oedd wedi cyrraedd y maes parcio, gwelodd Mr Mostyn yn disgwyl amdano ar ei dreisigl!

Sgidiodd Ben yn stond.

SGID!

Edrychodd i'r chwith. Edrychodd i'r dde. O'i amgylch roedd nifer o hen bobl. Dwsin a mwy. Pob un ar gerbyd gwahanol.

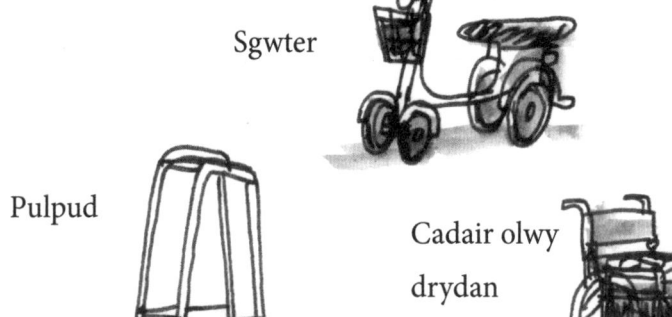

Sgwter

Pulpud

Cadair olwy
drydan

Treisigl gydag injan

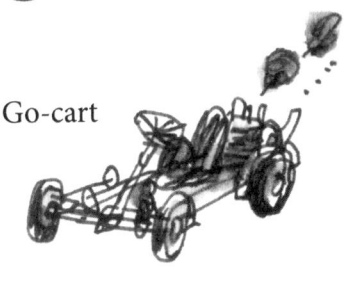

Go-cart

Pulpud ar olwynion

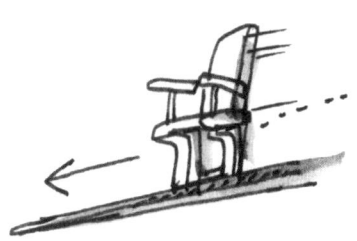

Lifft grisiau wedi ei addasu'n
arbennig i fynd i'r ochr, yn
hytrach nag i fyny ac i lawr

Bath ar olwynion

Sbonciwr

Troli archfarchnad

Cadair freichiau
gydag injan

Mul

Ffurfiodd yr hen bobl gylch o gwmpas Ben.
Roedd y bachgen wedi ei ddal!

10

BLWFF DWBL

'Miaaaw, neu a ddyliwn ddechrau canu grwndi!' galwodd Mr Mostyn o'i dreisigl.

'Sgen i ddim syniad am be dach chi'n fwydro!' protestiodd Ben.

'Ti'n gwybod o'r gorau am be dwi'n fwydro, Benjamin Williams!'

'Galwch fi'n Ben,' atebodd y bachgen. 'A gyda llaw, helô, bawb! Diwrnod braf i fynd am dro!' meddai wrth y giang o'i gwmpas. Roedd Ben yn hoff o hen bobl, ac roedd hen bobl yn hoff iawn o Ben. Ond gwgu arno wnaeth y rhai oedd wedi ymgynnull yn y maes parcio. Rhaid bod rhywun wedi dweud wrthynt mai ef oedd y plentyn mwyaf drygionus yn y byd!

'Rwy'n gweld dy fod wedi cyfarfod fy chwaer, Miss Swot,' meddai Mr Mostyn, gan gyfeirio at y ferch oedd wedi parcio tu ôl i Ben er mwyn ei rwystro rhag dianc.

'Do!' meddai Ben. 'Dynes glên iawn!'

'Cefais alwad ffôn ganddi o'r llyfrgell.'

'Ro'n i wedi amau hynny.'

Roedd Mr Mostyn yn flin am fod y bachgen wedi achub y blaen arno.

'Mi ddywedodd wrtha i pa lyfrau ti'n bwriadu eu darllen.'

'Wnes i amau hynny hefyd!'

'Llyfrau sy'n dy gysylltu gyda'r troseddau.'

'Ga i ddweud rhywbeth?'

'Paid â thorri ar fy nhraws, os gweli'n dda!'

'Dim problem.'

'Diolch.'

'Croeso.'

'BYDD DDISTAW!'

'Dim gair arall!' atebodd Ben, gan gogio cau sip ar draws ei geg.

Chwarddodd rhai o'r hen bobl.

'HA! HA!'

Collodd Mr Mostyn ei limpyn. 'Distawrwydd! Nawr, dwi wedi galw aelodau **Gwarchod y Gymdogaeth** ynghyd i dystio fy mod i, Mr Mostyn, yn dy arestio di, Benjamin Wyn Williams, ac yn gwneud hynny ag awdurdod.'

'Arestio? Fi?' meddai Ben, yn dal i eistedd ar sgwter Nana Crwca. 'MAE HYN YN HOLLOL WALLGOF!'

'Ti oedd cyd-droseddwr y lleidr tlysau! A ti'n dal i ddefnyddio ei sgwter ffoi! Ac rwy'n credu, heb os, mai ti gynlluniodd y troseddau gwarthus! Sut wyt ti'n egluro dy ddewis o lyfrau, a'r rheini yn gysylltiedig â'r troseddau?'

'A tydyn nhw ddim wedi cael eu stampio chwaith!' ychwanegodd Miss Swot.

TWT! TWT! TWT! twtiodd yr hen bobl. Roedd hi'n amlwg eu bod nhw'n ystyried hon yn DROSEDD DDIFRIFOL!

Daeth ton o gywilydd dros ben Ben.

'Be sgen ti i'w ddweud, fachgen?' mynnodd Mr Mostyn.

'Gwrandwch arna i am funud, os gwelwch yn dda. Pe

bawn i wedi dwyn *Coron yr Archdderwydd* a **CHWPAN Y BYD**, faswn i ddim yn debygol iawn o gymryd y llyfrau o'r llyfrgell ar ôl y lladrad, faswn i? Baswn i wedi eu darllen CYN troseddu!'

Am eiliad, roedd Mr Mostyn yn fud.

'Gwir!'

'Mae gynno fo bwynt y fan'na!'

'Beth ddywedodd o?' meddai'r hen bobl, yn mwmial ymysg ei gilydd.

'Efallai mai BLYFF DWBL ydy o!' meddai Mr Mostyn, yn eistedd ar ei ben-ôl ar ei dreisigl.

'O, ia!'

'Blyff dwbl!'

'Beth dwbl?!'

'BLYFF!'

'TYFF?!'

'NACI: BLYFF!'

'O, reit!' meddai'r hen bobl, yn dal i fwmial ymysg ei gilydd.

'Does dim blyff dwbl!' atebodd Ben.

'Blyff triphlyg, 'te!' sgyrnygodd Miss Swot.

'Sut fyddai hynny'n gweithio?' gofynnodd ei brawd.

'Dwn i ddim, ond mae o'n swnio'n dda!'

'Gwrandwch!' meddai Ben. 'Does dim blyff dwbl, na blyff trifflyg, na blyff pedwarplyg, na blyff o unrhyw fath yn y byd. Dewisais y llyfrau hyn er mwyn ceisio canfod pwy sydd wedi troseddu!'

'Ac mae'r lleuad yn gaws!'

'Lol gybôl!'!

'Rwtsh-ratsh!'

'Sothach llwyr!'

'Malu caca!'

'Rhowch o mewn cell a thaflwch yr allwedd!' gwaeddodd yr hen bobl.

'Llai o'r gweiddi 'ma!' gorchmynnodd Mr Mostyn, a distawodd pawb. 'Nawr 'te, fachgen, dwi dim eisiau dim ffwdan. Tyrd efo fi i'r orsaf heddlu agosaf ... '

Y glas! meddyliodd Ben. *Beth petaen nhw'n holi a stilio am y noson honno yn Nhŵr Llundain efo Nana Crwca?*

Gallai fod HYD AT EI GESEILIAU mewn tomen o GACA MWNCI!

'Ia, iawn, wrth gwrs,' meddai, yn fyw o gelwyddau, cyn gwasgu'r sbardun.

WHIIIR!

Gwibiodd **Sionci** ymaith.

AWÊÊÊÊÊÊÊÊÊÊ!

'AR EI ÔL O!' gwaeddodd Mr Mostyn. Rasiodd Ben o gwmpas y maes parcio, ond llwyddodd aelodau'r **Gwarchod y Gymdogaeth** i'w atal rhag dengyd.

''DAN NI WEDI DY AMGYLCHYNU!' gwaeddodd Miss Swot. 'DOES DIM MODD ITI DDIANC!'

Cododd olwynion blaen **Sionci** i fyny o'r llawr a dringo ar do car bach cyflym a oedd wedi ei adael yn y maes parcio.

CRYNC! meddai olwynion y sgwter wrth iddo yrru ar hyd to'r car.

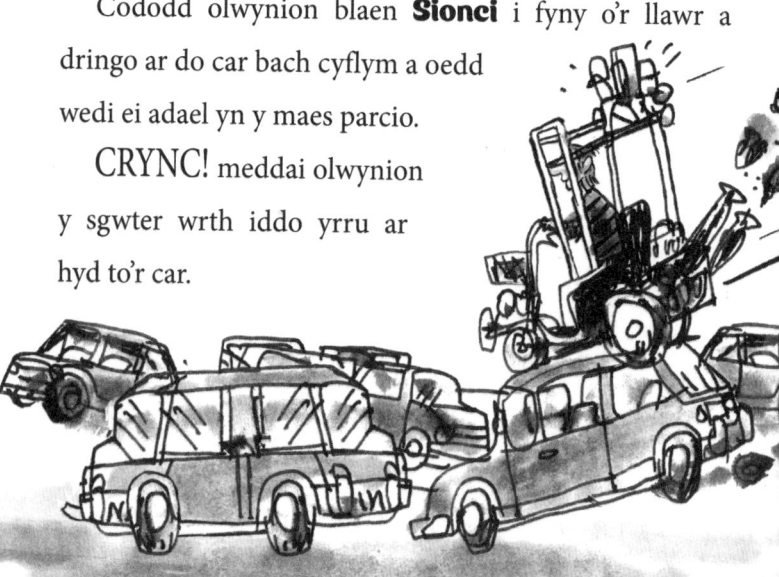

CRYNC! Ac eto.

CRYNC! Ac eto.

Gyrrwyd **Sionci** i fyny ac i lawr ar hyd bonedi a chistiau pob car yn y maes parcio.

'DALIWCH Y DIAWL BACH!' gwaeddodd Mr Mostyn. Cododd olwyn flaen ei dreisigl cyn mynd ar ôl y bachgen.

Fodd bynnag, dewisiodd Mr Mostyn y car anghywir i yrru drosto, gan fod gyrrwr wrth y llyw! Huw oedd hwnnw, yn eistedd yn ei gar tair olwyn coch, gyda'r enw *TAID* wedi ei beintio ar ei ochr.

'Cer, Ben, hegla hi!' galwodd Huw, wrth iddo yrru i ffwrdd gyda Mr Mostyn ar do ei gar.

'Huw! Dach chi'n arwr!' gwaeddodd Ben. 'Diolch yn dew!'

'STOP!' gwaeddodd Mr Mostyn. Breciodd yn galed ...
BRÊÊÊÊÊÊÊÊÊÊC!

... wrth iddo gael ei yrru allan o'r maes parcio ar ben
to *TAID*!

BRWWWWM!

Syllodd yr hen bobl yn gegrwth, anghrediniol.

'PEIDIWCH Â SEFYLL YN FAN'NA! HELPWCH FI!'
gwaeddodd Mr Mostyn.

Gyrrodd aelodau **Gwarchod y Gymdogaeth** ar
ôl eu harweinydd wrth iddo gael ei hebrwng i lawr y stryd
fawr ar ben car tair olwyn coch Huw. Dihangodd Ben.

Dychwelodd adref a cuddio'i sgwter yn y garej.

'Diolch yn dalpiau, **Sionci**. Byddai Nana Crwca yn
falch ohonat heddiw!' meddai, wrth fynd ati i'w blygio i'r
wal a'i aildrydanu. 'Dyma iti bryd o drydan!'

Dywedodd Ben helô wrth ei fam, a oedd yn
brysur wrthi'n torri lluniau o'r misolyn *DAWNSIO
DAWNSIO* a'u glynu i'w llyfr lloffion, a oedd eisoes
yn llawn dop o luniau Flavio Flavioli. Roedd ei dad yn
gweithio yn yr archfarchnad, yn gwarchod tuniau ffa
pob gyda'i fywyd.

Aeth Ben yn syth i'w ystafell wely. Cyn gynted ag yr oedd o'n saff tu mewn, rhoddodd ochenaid fawr o ryddhad. 'Whiw!' Sôn am hwylio'n agos i'r gwynt ...

Ond cyn iddo ddweud 'CACA MWNCI', clywodd swn.

DING! DONG!

Cloch drws. Llyncodd Ben ei boer. Gadawodd i'w fam fynd i ateb y drws. Yna, ciledrychodd trwy ffenest ei ystafell wely i weld pwy oedd yno.

Roedd CAR YR HEDDLU wedi ei barcio tu allan i'w dŷ!

Yn syth bin, teimlodd Ben fel pe bai ar fin ffrwydro mewn **PANIG!**

Crwydrodd ar flaenau ei draed at ddrws ei ystafell wely a'i gilagor er mwyn gallu gwrando ar eu sgwrs.

'Mrs Williams?' meddai'r llais cyfarwydd i lawr grisiau.

'Ia!' atebodd Mam yn bryderus.

'Cwnstabl Plonc. Ga i ddod i mewn?

Dwi wedi galw i holi ynglyn â'ch mab ... '

11

Roedd Ben eisoes wedi cyfarfod â'r heddwas. Plismon Plonc stopiodd Ben a Nana Crwca y noson honno pan oedd y ddau'n gyrru **Sionci** ar y draffordd, pan o'n nhw ar eu ffordd i Lundain i ddwyn *Tlysau'r Frenhines*. Llwyddodd y ddau i'w dwyllo gan ddefnyddio esgus hurt i egluro pam o'n nhw'n gwisgo dillad nofio tanfor a chlingffilm. Dywedodd y ddau wrtho eu bod nhw'n mynd i gyfarfod tanddwr o **Gymdeithas Gwerthfawrogi Clingffilm!** Yn wyrthiol, credodd Plismon Plonc pob gair!

Yn garedig iawn, rhoddodd y 'Cwnstabl' lifft i'r pâr o ladron tlysau annhebygol yr holl ffordd i Dŵr Llundain. Yna, ar ôl iddynt ddychwelyd adref a chael eu cyhuddo o ddwyn *Tlysau'r Frenhines* gan Mr Mostyn, Plismon Plonc oedd eu *alibi*. Cafodd Nana Crwca a Ben eu rhyddhau pan siaradodd y Cwnstabl o'u plaid. Noson fythgofiadwy o blismona gan Plismon Plonc!

Roedd Plonc yn ddyn mawr gyda mwstásh bach, a oedd yn gwneud i'w wyneb edrych hyd yn oed yn fwy crwn. Roedd yn enghraifft berffaith o heddwas:

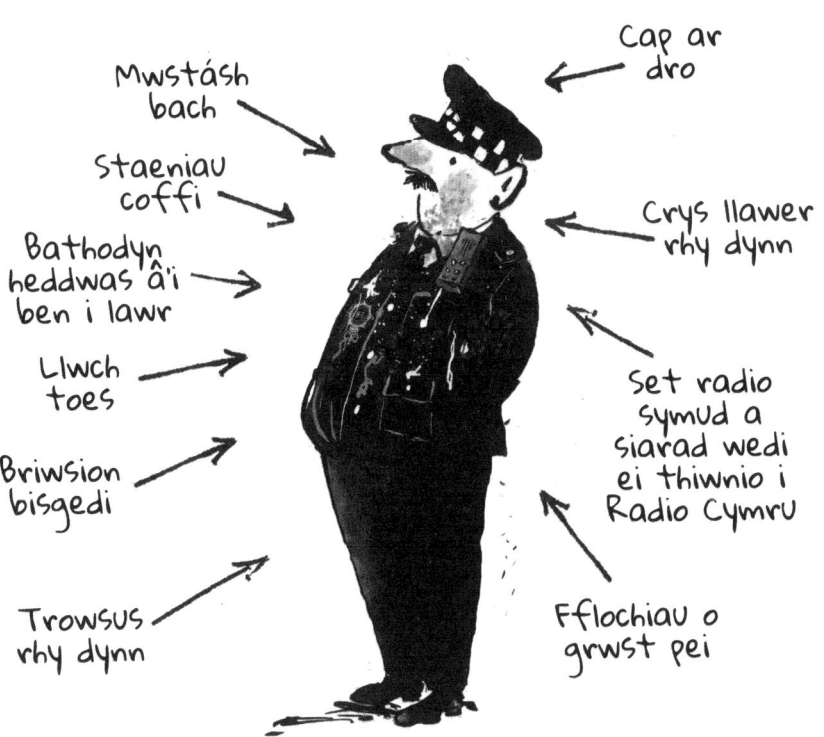

Mwstásh bach

Cap ar dro

Staeniau coffi

Bathodyn heddwas â'i ben i lawr

Crys llawer rhy dynn

Llwch toes

Set radio symud a siarad wedi ei thiwnio i Radio Cymru

Briwsion bisgedi

Trowsus rhy dynn

Fflochiau o grwst pei

Wrth i Mam arwain Plismon Plonc i'r ystafell fyw, cerddodd Ben i lawr y grisiau ar flaenau ei draed er mwyn clustfeinio ar eu sgwrs.

'Mae arweinydd **Gwarchod y Gymdogaeth** newydd gerdded i mewn i'r orsaf i riportio'ch mab.'

'Pwy wnaeth achwyn amdano?'

'Alla i ddim dweud.'

'Mr Mostyn?'

'Ia.'

'Achwyn am Ben? Am wneud beth?'

'Mae rhestr y troseddau yn un hir.'

'Alla i ddim credu hyn! Mae o'n hogyn da bob amser!'

'Dyna mae pob rhiant yn ei ddweud!'

'Ond beth ar y ddaear mae o wedi ei wneud?'

'Cymryd nid yn unig un, ond dau, lyfr o'r llyfrgell, a'r rheini heb eu stampio.'

'Allwch chi roi rhywun yn y carchar am wneud hynny?'

'Mae'n bosib, os nad ydych chi'n bwriadu eu dychwelyd nhw.'

'O, na.'

'A bod yn anghwrtais wrth hen bobl.'

'Anghwrtais? Ben? Ond mae fel arfer yn dda iawn gyda hen bobl, pobl fel fy ngŵr.'

'A gyrru dros nifer o geir gyda sgwter.'

'Mae pethau'n mynd o ddrwg i waeth! Mae'n wir ddrwg gen i. Mae hyn yn ofnadwy! Dach chi'n gwybod pwy sydd ar fai?'

'Ei fam?' gofynnodd Plismon Plonc.

'Naci! Fi yw honno!'

'O, ia. Anghofies i.'

O'i guddfan, ceisiodd Ben beidio chwerthin yn uchel.

'Ei nain!' meddai Mam.

'Ei nain?'

'O, ia! Roedd y ddau'n agos iawn. A cyn iddi farw, mi blannodd hi lawer o syniadau gwirion ym mhen Ben.'

'Dach chi'n dweud.'

O ochr arall i'r drws, llyncodd Ben ei boer.

LLWNC!

'Do! Gadawodd sgwter iddo yn ei hewyllys. Allwch chi gredu'r ffasiwn beth? Dywedwyd wrtho doedd o ddim yn cael hawl i'w yrru nes ei fod o'n oedolyn! Peidiwch chi â phoeni, Cwnstabl Plonc, mi wna i gymryd yr allweddi oddi arno'n syth!'

'Byddai hynny'n help mawr!'

'Dwi mewn sioc! Fasach chi'n hoffi paned o de, Cwnstabl Plonc? Dwi newydd wneud llond tebot.'

'O, diolch yn fawr i chi. Sgynnoch chi fisgedi?'

'Wrth gwrs! Dyliwn fod wedi cynnig rhai i chi. Sawl un dach chi eisiau?'

'O, dim ond un ... '

'Reit.'

'... pecyn.'

'Rhai gyda jam yn y canol. Ydy rheini at eich dant chi?'

'Fy ffefrynnau!'

Tu allan i'r ystafell fyw, roedd Ben yn gandryll. Ei fisgedi o oedd rheini! Ei ffefrynnau yn yr holl fydysawd! *Peidiwch â gadael i Plonc eu sglaffio nhw i gyd!* Ar ôl i Mam ddiflannu i'r gegin, bu ennyd o dawelwch.

'Dyna ni, Cwnstabl,' meddai, wrth ddychwelyd.

'O, diolch yn fawr,' atebodd Plismon Plonc.

Yna, bu sŵn slochian a chnoi.

SLOCH!

CNOI CNOI!

SLOCH!

Yna, torri gwynt.

'**PYYY!** Sgiwsiwch fi!'

'Gwell torri gwynt o'r pen yna na'r pen arall, Cwnstabl!' meddai Mam dan chwerthin. 'Nawr, oes rhywbeth arall hoffech chi ddweud wrtha i, Cwnstabl Plonc? Os oes, rwy'n ofni y byddwch yn torri calon mam!'

Roedd Mam bob amser mor THEATRAIDD!

'Oes, madam. A dyma pryd mae pethau'n mynd yn fwy difrifol.'

'Yn fwy difrifol na gyrru sgwter dros geir wedi eu parcio?'

'Llawer gwaeth, mae gen i ofn.'

'Plis dwedwch y gwir wrtha i!'

'Mae eich mab, Benjamin Wyn, wedi cael ei gyhuddo o ddwyn Coron yr Archdderwydd ...'

Clywyd sŵn te yn cael ei boeri ar draws yr ystafell fyw.

PTHTHTHTH!

'Naaaaa! Rhaid imi gael cegiad arall o de – mae'r sioc yn ormod i mi!' meddai Mam yn ddramatig.

'O, a dwyn **CWPAN Y BYD!**'

PTHTHTHTH!

Poerwyd mwy o de.

'O! Ddrwg gen i! Wnes i boeri diferyn o de ar eich pen, Cwnstabl Plonc?' gofynnodd Mam.

'Dim ond diferyn.'

Syllodd Ben trwy'r drws cilagored.

Roedd yr heddwas yn gwrtais. Roedd o'n de drosto, o'i gorun i'w sawdl.

'Dach chi'n credu mai Ben bach oedd yn gyfrifol am y lladradau hyn?' gofynnodd Mam yn anghrediniol.

'Does gan yr heddlu ddim prawf pendant, ond mae cyhuddiad wedi ei wneud yn erbyn eich mab, Mrs Williams. Ac mae'n rhaid i ni ddelio â'r mater fel un difrifol.'

'BENJAMIN!' gwaeddodd.

'Ia?!' meddai Ben, yn ceisio taflu ei lais fel ei fod o'n

swnio fel pe bai o'n dal i fyny'r grisiau, nid yn sefyll reit tu allan i ddrws yr ystafell fyw.

'TYRD I LAWR GRISIAU AR UNWAITH!'

'Dwi wrthi'n trwsio tap sy'n gollwng,' meddai'n gelwyddog.

'Anghofia am y tap! TYRD I LAWR I FAN'MA YR EILIAD HON!'

Er mwyn ceisio gwneud sŵn traed yn dod i lawr y grisiau, stompiodd Ben yn ei unfan.

STOMP! STOMP! STOMP!

Stompiodd yn dawel ar y cychwyn, cyn stompio'n uwch ac yn uwch a rhuthro i mewn trwy'r drws â'i wynt yn ei ddwrn.

'Beth sy'n bod, Mam?' gofynnodd, gan boeri ei eiriau.

'Wel, wel, wel. 'Dan ni'n cyfarfod unwaith yn rhagor, ŵr ifanc,' meddai Plismon Plonc.

'Dach chi'ch dau wedi cyfarfod o'r blaen?' gofynnodd Mam.

Roedd llygaid pawb yn edrych ar Ben.

A oedd hi ar ben ar Ben?

12

DIM SYMUD CAM!

'Benjamin!' meddai Mam. 'Dwi'n meddwl bod gen ti waith egluro!'

'Egluro beth?' gofynnodd Ben, yn sefyll yn nrws yr ystafell fyw. Edrychodd Mam a Plismon Plonc yn flin arno.

'Rydan ni wedi cael cwynion gan un o aelodau **Gwarchod y Gymdogaeth**, cangen Stryd Lwyd,' eglurodd yr heddwas.

'Gan bwy?' gofynnodd Ben.

'Alla i ddim rhoi enw iti.'

'Mr Mostyn?'

'Ia. O! Dyliwn i ddim fod wedi dweud hynna! Efallai mai fo oedd o, ac efallai ddim.'

'Ond fo ydy o!'

'Ia,' atebodd Plismon Plonc, cyn rhoi slap rwystredig i'w hunan ar ei dalcen.

THWAC!

'A beth ydy hyn dwi'n glywed amdanat yn dwyn *Coron yr Archddewydd* a **CHWPAN Y BYD?** Os wyt ti eisiau mwy o arian poced, dyliat fod wedi gofyn imi!' meddai Mam.

'Wnes i ddim eu dwyn nhw!' protestiodd Ben.

'Wel, mae arweinydd **Gwarchod y Gymdogaeth**, Mr Mostyn, yn meddwl dy fod ti wedi eu dwyn nhw!'

'Mae hwnnw'n boen yn y pen-ôl! Mae'n fy nghyhuddo i o bob math o bethau gwirion!'

'Fel beth?' gofynnodd Mam.

'Dwyn *Tlysau'r Frenhines* o Dŵr Llundain!' meddai Plismon Plonc, gan dorri ar draws.

Ysgydwodd Mam ei phen. Doedd hi ddim yn gallu credu yr hyn oedd hi'n ei glywed.

'Wnest ti ddwyn *Tlysau'r Frenhines*, Benjamin?' holodd, yn ddifrifol.

'NADDO!' atebodd. 'Wrth gwrs wnes i ddim!'

Ond hanner y gwir oedd hyn. Ceisiodd ef a Nana

Crwca eu dwyn, ond cawsant eu dal gan y *Frenhines* a dianc yn waglaw.

'Dyna pryd wnes i gyfarfod eich mab am y tro cyntaf, madam,' meddai Plonc. 'Ychydig dros flwyddyn yn ôl, os cofiaf yn iawn. Roedd hi'n hwyr iawn yn yn nos ac roedd y bachgen gyda'i nain.'

'Ro'n i'n amau! Roedd yr hen wrach yn llawn drygioni. Beth oeddet ti'n dda ar dy draed yng nghanol nos gyda dy nain, Benjamin?' mynnodd Mam.

'Wel, yyy ... yyy ... roeddan ni yn ... dach chi'n gwybod,' meddai Ben, gan dagu ar ei eiriau.

'Nac'dw! Dwi ddim YN gwybod!'

'Roeddech chi ar eich ffordd i gyfarfod o **Gymdeithas Gwerthfawrogi Clingffilm,**' meddai Plonc.

'O, ia! Diolch am f'atgoffa!' meddai Ben, gan geisio swnio fel pe bai'n falch o hynny, ond yn methu'n druenus.

'Ti ddim yn gwerthfawrogi clingffilm!' meddai Mam. 'Ti **erioed** wedi gwerthfawrogi clingffilm! Dyna pam dwi bob amser yn lapio dy fwyd mewn ffoil!'

Aeth llygaid Plismon Plonc yn gulach, a chrychodd ei fwstásh. 'Nawr, dwi ddim y gwybod **beth** i'w gredu!'

'Dwi YN gwerthfawrogi clingffilm!' meddai Ben. 'Ond mae eich brechdanau wy yn drewi'n ofnadwy ac mae'r ffoil yn cadw'r drewdod i mewn.'

'Rhag dy gywilydd, yn sarhau fy mrechdanau wy !'

'Efallai dylian ni'n dau gael sgwrs fach i lawr yn y stesion, Benjamin,' meddai Plonc.

Plygodd Mam ar ei phengliniau o flaen yr heddwas. 'Plis peidiwch â'i arestio, Cwnstabl Plonc! Rwy'n erfyn arnoch! Mi wna i farw o gywilydd!'

'Yr eiliad hon, does gennym ddim digon o dystiolaeth i arestio eich mab.'

'**Whiw!**' meddai Ben.

'Ond byddwn yn gwneud ymholiadau pellach.'

'Wrth reswm byd. Bydd rhaid i chi. Ond yn y cyfamser, beth alla i wneud ag o?'

'Madam, peidiwch â gadael yr hogyn o'ch golwg am eiliad,' cyhoeddodd Plonc, gan bwyntio at Ben.

'Peidiwch chi â phoeni am hynny, Cwnstabl Plonc,' atebodd hithau. 'Benjamin Wyn, dwyt ti ddim i symud

CAM O'R TŶ 'MA!

13

Y PRIF UN DAN AMHEUAETH

'M-A-M!' cwynodd Ben ar ôl i Plismon Plonc ymadael, gan fynd â phecyn o fisgedi sinsir gydag ef 'ar gyfer amser te'.

'Paid ti â M-A-M-io fi!' meddai hithau, yn siarp fel rasel. 'Tydw i ddim eisiau gweld car heddlu wedi ei barcio tu allan i fy nhŷ byth eto! Y fath gywilydd!'

'Ond mae hyn yn annheg! 'Nghadw fi yn y tŷ! Tydw i ddim wedi gwneud dim o'i le!'

'Mynd â llyfrau o'r llyfrgell, a rheini heb gael eu stampio. Bod yn anghwrtais wrth bensiynwyr sy'n meddwl y byd ohono! Gyrru sgwter dy nain dros ben ceir!'

'Wel, heblaw am hynny, dwi ddim wedi gwneud dim o'i le!'

'Beth bynnag, gei di ddefnyddio dy amser adref yn — '

'Trwsio'r boeler?' gofynnodd Ben, yn obeithiol.

'NA! NA! NA!' meddai Mam. 'Rhywbeth llawer pwysicach na hynny ... '

Gwyddai Ben beth fyddai'r ateb.

'Dawnsio?' gofynnodd Ben.

'Sut wnest ti ddyfalu?' meddai ei fam, cyn dechrau perfformio'r tsa-tsa-tsa ar hyd llawr yr ystafell fyw.

Roedd syniad yn cronni ym mhen Ben. Syniad a allai ei ryddhau. Sefyllfa drychinebus oedd cael ei gadw yn y tŷ ac yntau dan gymaint o amheuaeth, nid yn unig gan aelodau **Gwarchod y Gymdogaeth** ond hefyd, bellach, gan yr heddlu. Roedd rhaid iddo gario ymlaen gyda'i waith ditectif. Dyna'r unig ffordd y gallai beidio bod Y PRIF UN DAN AMHEUAETH.

Pe bai'n cytuno i gymeryd rhan yn y gystadleuaeth ddawnsio, yna byddai'n cael ei adael allan o'r tŷ.

Dim mwy o fod rhwng pedair wal!

Ond roedd ambell broblem.

Yn gyntaf, byddai'n rhaid iddo ddawnsio o flaen y Frenhines! Nid oedd rhieni Ben yn gwybod dim oll am ei nain ac yntau'n ei chyfarfod yn Nhŵr Llundain. Beth petai'r *Frenhines* yn ei adnabod? Gallai adael y gath o'r cwd. Yna, byddai gan y bachgen lawer o waith egluro.

Yn ail, ac yn bwysicach na dim, doedd Ben ddim yn gallu dawnsio! Dim o gwbl! **Dim un cam!**

Ond roedd hynny'n llawer gwell na chael ei garcharu am gyflawni trosedd, ac yntau'n gwbl ddieuog! Pe bai Ben yn methu datrys pwy oedd y lleidr, dyna'n union fyddai ei dynged.

Anadlodd yn ddyfn. Byddai'n rhaid iddo actio'r olygfa nesaf gystal ag enillydd Gwobr Richard Burton yn yr Eisteddfod Genedlaethol.

'M-a-m,' meddai Ben.

'Ia, Benjamin?'

'Dwi wedi bod yn meddwl am eich cynnig i fod y bartner yn y gystadleuaeth *ddawnsio* ... '

'O, ia?' gofynnodd Mam.

Roedd y pysgodyn ar y bachyn. Yr unig beth oedd yn rhaid iddo wneud oedd ei rwydo.

'A dwi wedi penderfynu ... '

'Ia?'

' ... 'mod i am ei wneud o!'

'IE!' gwaeddodd Mam, cyn dechrau neidio o gwmpas fel mwnci o'i gof.

'OS!'

'O!'

'Os ... '

'Wyddwn i ddim bod yna "os".'

'Mi ddawnsia i efo chi **OS** ga i 'ngadael allan o'r ty! Achos os fydda i yn y tŷ, fydda i ddim yn gallu mynd i Neuadd Albert i ddawnsio efo chi, na fydda i?'

Roedd rhyw resymeg od yn perthyn i'w frawddeg olaf.

'Mmm, bydd rhaid i mi feddwl yn hir a dwys am hyn,' meddai Mam.

Yna, ar ôl hanner eiliad, 'BENJAMIN!' meddai. 'TI'N RHYDD I FYND ALLAN O'R TŶ!'

Dyna'r amser byrraf i unrhyw blentyn gael ei gaethiwo rhwng pedair wal – llai nag eiliad!

'Grêt!' gwaeddodd Ben, cyn i'w wyneb droi'n bictiwr o OFN. Nawr, bydd **rhaid** iddo ddawnsio!

Ni sylwodd ei fam ar ei bryder achos roedd hi'n rhy brysur yn dathlu gan waltsio o gwmpas yr ystafell fyw.

'Mam a'i mab yn dawnsio! Bydd y cyhoedd yn ein caru! Cychwyn ein gyrfa yn Neuadd Albert, ac wedyn teithio o gwmpas y BYD!'

'O gwmpas ble?!'

'Na, ti'n llygad dy le! Un cam ar y tro! Dim ond tan dydd Sul sydd gynnon ni i ymarfer.'

'Dydd Sul?'

'Dyna noson y gystadleuaeth. Ychydig llai nag wythnos! Yn gyntaf, rhaid imi drefnu ein gwisgoedd.' Gosododd Mam llewys ei gwisg yn erbyn gwyneb ei mab. 'Tydi piws ddim yn dy siwtio di.'

'Diolch i'r drefn am hynny!'

'Byddai lliw mwy golau'n well. Mi wn i. PINC!'

'Be dach chi'n ...? '

Cyn i Ben ddechrau rhegi, cyrhaeddodd Dad adref o'i waith yn yr archfarchnad.

'Gwelais gar yr heddlu tu allan i'r tŷ,' meddai, gan gerdded yn gloff. 'Beth oedd o'n dda yma?'

'O! Anghofia am hynna i gyd!' atebodd Mam, er mawr syndod i'w mab. 'Y newydd mawr pwysig yw bod Ben wedi cytuno i fod yn bartner imi yn y gystadleuaeth ddawnsio!'

'DA, HOGYN!' gwaeddodd Dad. 'Ro'n i'n gwybod bod dawnsio yn dy waed di!'

'O, yndi, bendant,' atebodd Ben. A cyn iddo allu yngan un gair arall, gafaelodd Mam yn ei ddwylo a'i droi o gwmpas yr ystafell fyw.

'TYRD, FY MAB ANNWYL!,' meddai, yn fwy balch nag erioed.

'BETH AM DDAWNSIO!'

RHAN 2

DAWNSIO
TUAG AT
BERYGL

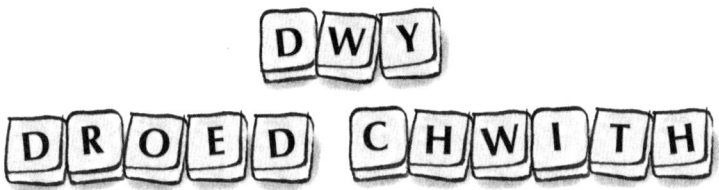

14

DWY DROED CHWITH

Dechreuodd Ben ddymuno y byddai Cwnstabl Plonc wedi ei roi yn y carchar wedi'r cwbl.

Yr wythnos ganlynol oedd un waethaf ei fywyd.

Yn gyntaf, mynnodd Mam ei wisgo mewn gwisgoedd dawnsio yr oedd hi ei hun wedi eu gwneud.

Roeddynt yn amrywio o'r cywilyddus i'r erchyll, cyn datblygu i fod yn rhai **brawychus!**

Rhoddwyd thema i bob gwisg.

Rhai ohonynt oedd:

Y Pinafal

Harlecwinâd

Y Felin Wynt

Fferin jeli

Dafydd yn erbyn
Goliath

Tŵr Pisa

Y Cactws

Blodeuwedd

Y Corgimwch

Siampên

Owain Glyndŵr

Pilipalod

Cacen Fechan

Y Ddawns Flodau

Cnau, Cnau,
Cnau Barfog

Yr Enfys

Crochan o Aur

Yr Ellyll

Y Belen
Wydr

Cysawd yr Haul

Haid o Wenyn

**Ffrwydriad
Malws Melys**

Llosgfynydd

Bybls Hud

Dol Rwsaidd

Pwdin Hufen Iâ

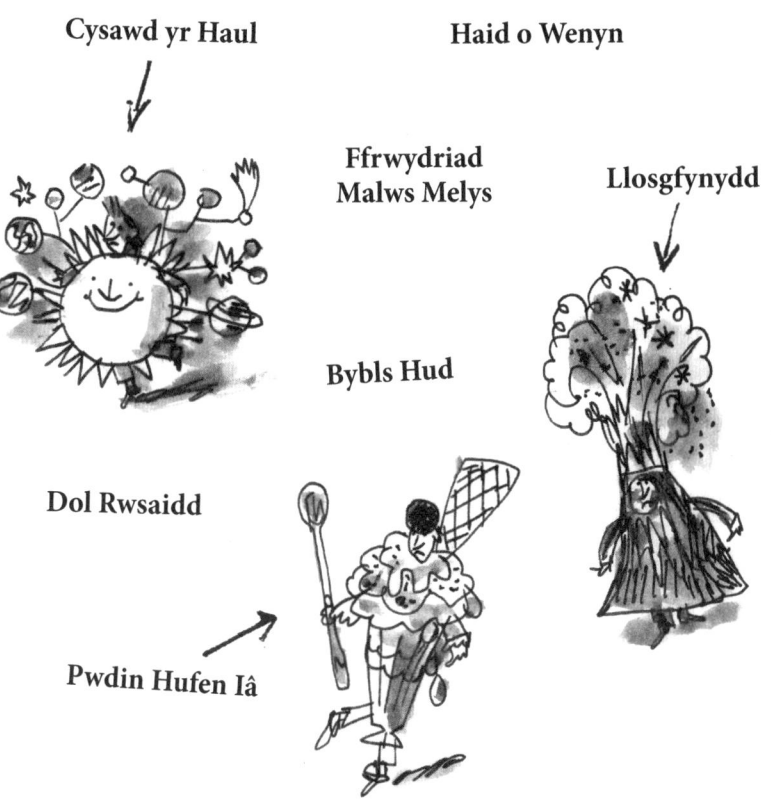

Un o'i chreadigaethau lleiaf dros ben llestri oedd gwisg o'r enw Mynydd Iâ. A hynny nid oherwydd ei bod yn cael ei rhoi mewn oergell cyn ei gwisgo. Na, ond achos ei bod yn wisg un-darn gyda llawer o lympiau a thwmpau arni, rhai oedd i fod i wneud i'r wisg ymdebygu i fynydd iâ. O'i gwisgo a symud o gwmpas, roedd rhywun yn edrych fel slwtsh yn dawnsio!

'Gallai hon fod yn waeth, am wn i,' meddai Ben.

'O! Ti'n caru'r wisg! Dwi'n falch o glywed!' meddai Mam yn llawen. 'A dwi mor falch dy fod wedi dewis honna achos mae gen i syniad gwych am ddawns i ni'n dau. Hanes y *Titanic**!'

'Y llong a suddwyd gan fynydd iâ!' meddai Ben yn anobeithiol.

'Ia! Fi fydd y llong, a ti fydd y mynydd iâ!'

'Ond fedar llong a mynydd iâ ddim dawnsio gyda'i gilydd!'

Roedd Mam yn dechrau mynd yn flin. 'Agwedd fwy positif, os gweli'n dda! Yn y byd dawnsio, mae UNRHYW BETH yn bosib!'

Ac aeth ymlaen i brofi hynny. Trwy'r dydd, bob dydd,

---

* *Suddodd llong y Titanic ar 15 Ebrill 1912, ar ei mordaith gyntaf rhwng Southampton ac Efrog Newydd pan drawodd mynydd iâ. Llwyddodd Harold Lowe, un o'r is-gapteiniaid o Sir Gaernarfon, achub nifer o fywydau.*

bu rhaid i Ben ymarfer y ddawns gyda'i fam. Roedd y ddawns wedi ei gosod i gerddoriaeth y gân **Fflat Huw Puw**. Bu rhaid iddo wrando arni cymaint o weithiau nes ei fod eisiau sgrechian bob tro yr oedd o'n clywed y nodyn cyntaf.

Er mai dim ond deuddeg oed oedd Ben, ac yn fyr o'i oed, bu rhaid iddo godi a throi ei fam yn yr awyr yn ystod y ddawns. Byddai hyn wedi bod yn llawer haws i Dad, ond roedd yr anaf i'w ben-glin yn golygu y byddai o'n gwylio'r ddawns yn rhes flaen Neuadd Albert.

Roedd gwisg Mam yn llawn mor wallgof ag un ei mab. Roedd hi fod i gynrychioli yr RMS *Titanic* (ystyr RMS yw 'Royal Mail Ship'). Felly, creodd Mam wisg gardbord anferth, ynghyd â het a edrychai fel corn mwg enfawr, a mwg yn dod allan ohono.

Roedd Ben yn casáu pob munud o'r ymarferion dawnsio, ond ceisiodd wneud ei orau i'w fam. Nid oedd eisiau ei siomi ar y noson pan fyddai hi'n dawnsio o flaen ei heilun Flavio Flavioli, nac ychwaith codi cywilydd arno'i hun o flaen y *Frenhines*. Fodd bynnag, ers diwrnod ei eni, teimlai Ben mai dwy droed chwith oedd ganddo.

BETH YW'R GWAHANIAETH?

TROED DDE BEN

TROED CHWITH BEN

Doedd Ben ddim yn dwp. Gwyddai o'r gorau na fyddai'n ddawnsiwr gwych ac yn seren fel Flavio. Ond gwyddai hefyd na fyddai Flavio'n gallu trwsio toiled! Felly roedd y ddau lawn mor dalentog â'i gilydd.

Yr wythnos honno, bu rhaid i Ben ymroi ei hun yn llwyr i'r dawnsio. Roedd ei freichiau'n brifo, ei draed yn ddolurus, ei bengliniau'n clecian, ei ben yn troi a'i goesau'n sigledig – y cyfan o ganlyniad i'r dawnsio. Hefyd, roedd o wedi alaru gwrando ar **Fflat Huw Puw** drosodd a throsodd bob diwrnod. Bob tro yr oedd Mam yn chwarae'r gân, byddai Ben eisiau rhoi ei ben mewn bwced.

Roedd Ben bron wedi blino gormod i wneud gwaith ditectif, ond yna digwyddodd rhywbeth **rhyfeddol** ...

15

Dydd Sul oedd y diwrnod pan oedd Ben yn ymweld ag Edna. Ar ôl erfyn ar ei fam, cafodd ganiatâd i gael amser rhydd o'r ymarferion er mwyn gallu ymweld â hi. Yn y cyfamser, aeth Mam ati i ymarfer gyda sach o datws a oedd, fwy na thebyg, yn well dawnsiwr na Ben. Hon oedd noson y gystadleuaeth, a cafodd Ben orchymyn **pendant** i fod adref erbyn amser cinio.

Ymfalchïodd y bachgen yn y ffaith y byddai'n gwneud mân swyddi i Edna, yn enwedig rhai oedd yn ymwneud â gwaith plymio. A byddai bob amser yn mynd allan o'i ffordd i brynu **losin mintys** iddi.

DING!

'Aa, Ben! Fy hoff gwsmer!' galwodd Huw.

'Aa, Huw! Fy hoff werthwr papurau newydd!' atebodd y bachgen. Diolch i chi am achub fy nghroen y diwrnod o'r blaen.'

'Sna'm byd gwell na bod yn fistar ar Mr Mostyn! Dwi wrth fy modd yn cael cyfle i dynnu blewyn o'i drwyn busneslyd!'

'A finna!'

'Ydy o wedi dy ddilyn di yma heddiw?'

'Dwi ddim yn meddwl. Sleifish allan trwy'r drws cefn.'

'Syniad da. O, gyda llaw, wyt ti wedi clywed y newyddion? Mae lladrad arall wedi digwydd!'

'NA!!!' atebodd y bachgen, gan swnio fel pe bai'n euog, er nad oedd wedi gwneud dim o'i le.

'Rhywun wedi dwyn delw cwyr o'r *Frenhines* o Madame Tussauds yng nghanol nos,' atebodd Huw, gan ddangos tudalen flaen y papur newydd iddo.

'Gadewch imi weld,' meddai Ben, gan gydio'n y papur newydd.

'Chei di ddim pori drwy hwn am ddim, mae gen i ofn,' meddai Huw, gan dynnu'r papur newydd o'i afael.

DELW CWYR O'R FRENHINES WEDI EI DWYN!
YR HEDDLU'N DDI-GLEM!

Cafodd delw cwyr o'r Frenhines ei dwyn yng nghanol nos o amgueddfa Madame Tussauds yn Llundain. Er bod y dyfeisiau diogelwch diweddaraf yn gwarchod yr adeilad, llwyddodd y lleidr i ddianc. Nid oes neb y gwybod beth oedd y rheswm am y lladrad. Ni adawyd yr un cliw a allai gysylltu'r drosedd â lladradau Coron yr Archdderwydd a Chwpan Y Byd. Er nad yw'n hysbys beth yw gwerth y ddelw cwyr, mae'r digwyddiad yn embaras llwyr i'r heddlu sydd, unwaith y rhagor, yn gwbl ddi-glem.

'Delw cwyr o'r 𝔉renhines. Mae hwnna'n rhywbeth od iawn i'w ddwyn,' meddai Ben.

'Mmmm,' pensynnodd Huw. 'Tydi o ddim yn amhrisiadwy fel 𝒞oron yr 𝒜rchdderwydd neu **GWPAN Y BYD** neu fy hoff gracer o Nadolig 1979.'

'Nac'di,' atebodd Ben, gan feddwl nad oedd hen gracer Nadolig yn gymhariaeth deg â'r ddwy eitem gyntaf. 'Os ydy rhywun yn traffethu torri i mewn i Madame Tussauds yng nghanol nos, pam dwyn dim ond un ddelw cwyr? Rhaid bod cannoedd o ddelwau cwyr o bobl enwog yno! Pam dwyn delw cwyr o'r *Frenhines* yn unig?'

'Rhywun yn chwarae Bili-ffŵl efallai? Tamed o dynnu coes?' awgrymodd Huw.

'Bosib. Ond mae'r amseru, yn union ar ôl y lladradau eraill, yn fy ngwneud i'n amheus o hynny. Lladrad arall yng nghanol nos. Rhaid bod rheswm arall. Rhaid gwneud mwy o **waith ditectif!**'

'Ond yn gyntaf, beth am brynu **losyn mintys** i Miss Edna?'

'O, ia! Bu bron imi anghofio!' meddai Ben, gan afael mewn bag o'r losin a rhoi ei arian ar y cownter.

'Ble ti'n mynd?'

'I Madame Tussauds, siŵr iawn!'

'Sut wyt ti am fynd yno?'

'**Sionci!**'

'Byddai'n gynt iti gerdded.'

'Ha, ha! Dach chi'n iawn yn fan'na, Huw!

'Beth am fynd yn *TAID? TAID TAIR OLWYN!*

Cyn hir, roedd y ddau'n gyrru trwy Lundain i gyfeiriad Madame Tussauds.

Arhosodd Huw yn y car, tra bod Ben yn sleifio trwy'r fynedfa yn y cefn. Pan welodd ddelwau cwyr yn cael eu cludo oddi ar y tryc i'r amgueddfa, dringodd Ben ar y tryc a sefyll yno mor llonydd â llygaid pysgodyn marw. Nythodd rhwng ddelwau cwyr o Tom Jones* a Shirley Bassey**.

Yna, codwyd Ben gerfydd ei goesau gan yrrwr y tryc a'i gario i'r amgueddfa. Cyn gynted ag oedd y gyrrwr wedi ei

---

*Ganwyd y canwr enwog Tom Jones ym Mhontypridd yn 1940. Mae wedi gwerthu dros 100 miliwn o recordiau!

**Ganwyd Shirley Bassey yn Tiger Bay, Caerdydd, yn 1937. Hi yw un o gantorion mwyaf poblogaidd y byd.

ollwng a mynd yn ôl i'r tryc i ddadlwytho delw cwyr arall, rhedodd Ben nerth ei draed i lawr y coridor.

Roedd angen iddo ddod o hyd i'r man lle ddigwyddodd y lladrad, er mwyn ceisio canfod cliwiau yr oedd yr heddlu wedi eu methu.

O'r diwedd, ar ôl mynd heibio delwau cwyr o arlywyddion, sawl pab, sêr y byd pop – ond yn rhyfedd iawn dim plymwyr – cyrhaeddodd yr ystafell lle'r oedd delwau cwyr o'r teulu brenhinol yn cael eu harddangos. Gan fod y lladrad wedi bod ar y newyddion, roedd yr ystafell yn llawn twristiaid yn awyddus i weld y bwlch lle bu delw cwyr o'r *Frenhines* yn sefyll. Roedd rhai'n ddigon twp i dynnu llun o ... wel, o ddim!

Edrychodd Ben o gwmpas yr ystafell a oedd wedi ei haddurno'n goch ac aur, er mwyn ei gwneud yn debyg i Balas Buckingham. Ceisiodd weld lle gallai'r lleidr fod wedi torri i mewn a dianc gyda'r ddelw cwyr o'r *Frenhines*.

Y fent aer? Rhy fychan i allu fynd trwyddo.

Ffenest? Nid oedd ffenest yn yr ystafell!

Y nenfwd? Nid oedd y paneli wedi eu torri na'u hagor.

Edrychodd Ben yn fanwl ar y mat ar lawr. Efallai fod

y lleidr wedi dod i mewn trwy'r llawr, rhywsut. Sylwodd ar lwmp bach ar gornel y mat. Edrychodd o'i gwmpas. Gyda phawb yn canolbwyntio ar y delwau cwyr, plygodd a chododd gornel y mat. Ar y cychwyn, welodd Ben fawr o ddim, heblaw am sgwaryn bach gwyn ar y llawr pren. Ond wrth iddo blygu a'i godi, sylweddolodd beth yn union oedd y sgwaryn bach.

Llythyren Scrabble!

Wrth iddo sythu,

teimlodd law ar ei ysgwydd.

'Aros di lle'r wyt ti!'

meddai llais.

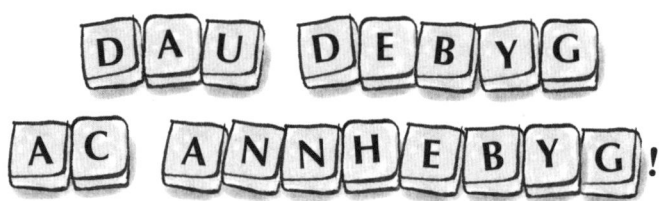

16

DAU DEBYG AC ANNHEBYG!

Pan drodd Ben ei ben, gwelodd warchodwraig yn sefyll tu ôl iddo.

'Beth sda ti yn dy law?' mynnodd y wraig.

'D-d-dim!' meddai Ben, gan boeri ei eiriau.

'Os taw 'dim' sda ti, agora dy law.'

Ufuddhaodd Ben.

'Y llaw arall!' cyfarthodd y wraig flin.

Roedd hwn yn gliw **ANFERTHOL**.
Ni allai ei ddatgelu i neb. Nid nawr.

'O 'drychwch, mae un o'r delwau
cwyr wedi dod yn fyw!' gwaeddodd,
gan bwyntio i'r cyfeiriad arall.

Roedd hynny'n ddigon i achosi i'r

warchodwraig droi ac edrych, gan roi cyfle i Ben ddianc.

'STOPWCH E!' gwaeddodd y warchodwraig.

Ond rhedodd Ben fel y gwynt a llithrodd trwy goesau'r twristiaid cyn mynd allan o'r amgueddfa yr un ffordd ag y daeth i mewn. Neidiodd i'r car oedd yn disgwyl amdano.

'EWCH! EWCH!!' gwaeddodd ar Huw, a gwibiodd y ddau ymaith wrth i'r warchodwraig redeg ar eu holau.

WHIIIW!

Ar ôl iddynt ddianc yn ddigon pell, dangosodd Ben ei drysor i Huw.

''Drychwch!' meddai, gan agor ei law.

'Llythyren Scrabble! Felly, mae'n rhaid ei fod ... '

'YR UN LLEIDR!' gwaeddodd y ddau gyda'i gilydd.

'Ble ddoist ti o hyd i'r sgwaryn?'

'Dan fat yn yr ystafell frenhinol. Dim ond Z ydy o! Cyn hyn, roedd llythrennau'r Scrabble yn sillafu geiriau, ond beth yw ystyr Z ar ei ben ei hun?'

Cododd Huw ei ysgwyddau. 'Dwn i ddim, ond mae o'n werth deg pwynt os alli di ei ddefnyddio!'

'Hynny yw, os nad yw'r lleidr wedi ei ollwng yn ddamweiniol,' cynigiodd Ben.

'O! Ti'n dipyn o ben, Ben! Allet ti fod y Gari Tryfan*
newydd, ditectif gorau Cymru!'

'O, diolch, Huw!"'

'Ble nesaf, bos?'

Edrychodd Ben ar ei wats. 'Allwch chi fynd â fi i'r
Cartref Hen Bobol, os gwelwch yn dda? Ro'n i fod yno
hanner awr yn ôl ac mi fydd Edna yn dechrau poeni. Dwi
ddim eisiau iddi ffonio fy rhieni!'

'Deall yn iawn! Dal d'afael yn dynn!' atebodd Huw, gan
yrru i ffwrdd mor gyflym ag y gallai yn ei gar tair olwyn.

BRRRRRRRWM!

'Diddorol. Diddorol iawn, cariad,' oedd barn Edna wrth
iddi archwilio'r darn Scrabble yn ei hystafell wely, wrth
yfed te a bwyta **fferins mintys**.

*Rhwng y 1950au a 2008, cafwyd nofel, cyfresi radio a theledu, a ffilm am hanes y ditectif
Gari Tryfan.

Roedd Ben wrth ei fodd yn ymweld ag Edna. Byddent yn siarad yn aml am Nana Crwca, a byddai Edna'n estyn ei hen albwm gyda chlawr lledr, a hwnnw'n llawn o luniau o'r ddwy gyfnither yn yr hen ddyddiau. Fodd bynnag, heddiw roedd Ben eisiau dangos iddi beth roedd wedi ei ddarganfod. Doedd o'm eisiau i'r hen wraig boeni'n ormodol ac felly ni ddywedodd y cwbl wrthi, ond roedd Edna yn dderyn call, synhwyrol. Arferai wylio'r newyddion ar y teledu bob diwrnod, a gwyddai fod gan y bachgen rywbeth oedd yn ymwneud â'r lladradau.

'Dim ond darn o Scrabble ydy o,' meddai Ben, gan godi ei ysgwyddau.

'Mae o'n fwy na 'dim ond darn', cariad.'

'Ond mae'n rhaid bod miliynau, os nad BILIYNAU, o ddarnau Scrabble yn y byd!'

'Estyn y set Scrabble i mi o'r bwrdd acw, os gweli'n dda.'

'Gwell i ni beidio cymysgu'r darnau. Rhaid i mi roi hwn i'r heddlu.'

'Wrth gwrs hynny. Maes o law.'

Aeth Ben i nôl yr hen focs Scrabble llychlyd. 'Hen set

Nana. Mae'n dal i ddrewi o **FRESYCH**,' meddai, gan arogli'r bocs.

'Bydden well gen i pe bai dy nain wedi gadael ei sgwter i mi, ond fel'na mae hi!'

'Ddrwg gen i, Edna!' atebodd Ben, gan led-chwerthin. 'Mae gen i hiraeth mawr ar ei hôl.'

'Wrth gwrs bod gen ti. Ond mae hi'n dy galon di o hyd, on'd yw hi?' meddai, gan daro'r bachgen yn ysgafn ar ei frest.

'Yndi. Ac mi fydd am byth.'

Gwenodd yr hen wraig ac agorodd y bocs. Yn ofalus, cododd y bag o lythrennau'r wyddor.

CLINC! CLINC! CLINC! oedd y sŵn wrth i'r llythrennau glincian yn erbyn ei gilydd. Nesaf, arllwysodd cynnwys y bag a'u gosod ar y bwrdd coffi.

'Nawr, ble mae'r Z ?' meddai wrthi ei hunan.

'Dacw fo yn fan'cw!' atebodd Ben, gan bwyntio.

'Da iawn, cariad. Nawr, rho dy Z di wrth ymyl f'un i.'

Gosododd Ben ei lythyren ar y bwrdd coffi.

'Alla i ddim gweld unrhyw wahaniaeth! . Deg pwynt.'

'Edrycha yn fwy manwl, cariad!' meddai Edna, gan ysgwyd ei phen ar ddiffyg amynedd y bachgen.

Astudiodd Ben y ddau ddarn. 'Wel, maen nhw'n ddau wahanol liw.'

'Da iawn.'

'Mae un Nana yn wyn, ac mae'r llall yn lliw hufen, fel ifori.'

'Dyna ydw i'n ei weld, cariad! A dyw fy llygaid i ddim cystal ag o'n nhw. Beth am wneud y prawf tapio.'

'Prawf beth?'

'Tapia di dy ddarn di ar y bwrdd gyntaf, ac wedyn mi dapia i f'un i.'

'Ond i beth?'

'Trystia fi!'

Ysgydwodd Ben ei ben, cyn tapio ei ddarn Scrabble ar y bwrdd pren.

TAP!

Yna, tapiodd Edna ei darn hithau.

TIP!

'Synau gwahanol!' meddai Ben. 'Ond mae'r ddau'n edrych yn union yr un fath!'

'Dau debyg ac annhebyg!' atebodd Edna. 'Mae'n rhaid eu bod wedi eu gwneud o wahanol bethau. Plastig yw f'un i, ond mae un ti wedi ei wneud o ... '

Tapiodd Ben ei lythyren ar y bwrdd unwaith eto.

TAP!

'... PORSLEN – fel llestr tsieina!'

'Porslen? Ond roeddwn i'n meddwl fod pob darn Scrabble yn blastig.'

'A finnau. Ond mae'n rhaid bod hwnnw wnest ti ddod o hyd iddo, lle'r oedd y drosedd, yn un o set **arbennig** o Scrabble.'

'Pwy fyddai'n talu i rywun wneud set Scrabble yn **arbennig** iddyn nhw a neb arall?'

'Does gen i mo'r atebion i gyd, Ben, ond dwi'n meddwl bod gen ti dy

gliw pwysig cyntaf!'

17

Gafaelodd Ben yn dynn yn y cliw yng nghledr ei law. Doedd fiw iddo roi'r darn Scrabble yn ei boced rhag ofn iddo ddisgyn allan!

Roedd y cliw hwn yn **ANFERTHOL!** Cysylltai'r lleidr â'r tair drosedd. Bwriad Ben oedd ei roi i'r heddlu, a hwythau wedyn yn datrys y dirgelwch. Olion bysedd. Samplau DNA. Dod o hyd i'r sawl oedd berchen yr unig set Scrabble yn y byd gyda llythrennau porslen. A chyn gynted ag y byddai'r heddlu yn arestio'r drwgweithredwr go iawn, byddai Mr Mostyn a'i ffrindiau oedrannus yn rhoi llonydd i Ben. Byddai'r bachgen yn cael ei brofi'n ddieuog. Whiw!

Edrychodd Ben ar ei law i weld a oedd y darn Scrabble

dal yno. Gan nad oedd yn edrych i lle'r oedd o'n mynd, cerddodd yn syth i mewn i fin metel.

AW*!*

TRYCHINEB! Llithrodd y darn Scrabble o'i law.

CLINC!

Nid bin metel cyffredin oedd hwn. Roedd dyn tu mewn iddo. **Mr Mostyn, wrth gwrs!**

Dyma guddwisg ddiweddaraf archelyn Ben.

Roedd wedi torri gwaelod y bin fel bod ei goesau yn y golwg. Ac roedd ei wyneb yn pipian rhwng y bin a'r caead.

'Mr Mostyn!' meddai'r bachgen, gan edrych i fyny ar y bin.

Safodd y dyn yn y bin uwch ei ben yn fygythiol.

'Arweinydd cyfeillgar **Gwarchod y Gymdogaeth,** Stryd Lwyd ydw i,' crechwenodd. 'Ble wyt ti wedi bod?'

'Yn unlle,' atebodd Ben.

'Rhaid dy fod wedi bod yn rhywle.'

'Naddo, Mr Mostyn! Dwi ddim wedi bod yn unlle!'

'Oeddet ti'n meddwl dy fod ti wedi cael y gorau arna i yn y maes parcio, on'd oeddet ti?'

'Na. Dim o gwbl! Mae'n ddrwg gen i. Ro'n i ond yn — '

SUT I GUDDIO MEWN BIN:

Dod o hyd i fin glân

Ei sychu

Ei sychu unwaith eto, i wneud yn siŵr

Ei sychu eto

Rhoi'r caead yn sownd yn eich pen gyda strap

Clymu strapiau ysgwydd i'r bin

Dringo i mewn i'r bin

Torri gwaelod y bin er mwyn rhyddhau'r coesau

Sefyll i fyny a dal pwysau'r bin ar eich ysgwyddau

LLONGYFARCHIADAU! RYDYCH YN FIN!

'Does neb yn glyfrach na Mr Mostyn, na milwyr **Gwarchod y Gymdogaeth**!'

Ar hynny, daeth pob bin yn y stryd yn fyw. Biniau ar olwynion. Biniau ailgylchu. Biniau cwrtaith. Pob math o finiau y gallwch eu dychmygu, a hen bobl ym mhob un ohonynt.

Yn fuan iawn, amgylchynwyd Ben.

'Tydw i ddim wedi gwneud dim o'i le!' protestiodd y bachgen.

'Fi fydd yn penderfynu hynny!' atebodd Mr Mostyn.

'Arestiwch o!' meddai ei chwaer, a oedd wedi ei chuddwisgo fel bin.

'Rhowch o yn y carchar a thaflwch yr allwedd!' meddai'r bin pedal yn y cefn.

'A beth yw hwnna sy'n gorwedd ar y llawr?' mynnodd Mr Mostyn, ei lygaid blin yn culhau.

'Fi?' gofynnodd Ben, a oedd yn gorwedd ar y llawr.

'Naci!' chwyrnodd Mr Mostyn, gan blygu i lawr yn araf. Nid yw'n hawdd plygu pan dach chi wedi cuddwisgo fel bin! 'HWN!'

Daliodd y cymydog busneslyd y darn Scrabble i fyny, fel pe bai wedi darganfod Y Greal Sanctaidd*.

'Gallaf egluro!' meddai Ben, gan boeri ei eiriau.

'Gei di egluro popeth wrth yr heddlu, achos dyna ble 'dan ni'n mynd â chdi yr eiliad hon!'

O'r palmant, edrychodd Ben o'i gwmpas. Roedd biniau yn nesáu o bob cyfeiriad.

Pan oedd ar fin colli pob gobaith, gwelodd ffigwr yn neidio o gangen i gangen ar y goeden uwch ei ben.

Y Gath Ddu!

Edrychodd y gath ym myw llygaid Ben. Syllodd Ben yn ôl arni.

'Ar beth wyt ti'n syllu?' mynnodd Miss Swot, gan bwyso ar ysgwydd ei brawd.

Credai Ben fod y gath ar ryw drywydd neu'i gilydd.

'Dim!' meddai'n llawen, yn ffug ddiniwed.

Fel y gobeithiodd, neidiodd y gath i lawr o'r goeden.

---

*Mae'r Greal Sanctaidd yn gwpan, soser neu garreg gyda phwerau gwyrthiol, ac yn rhan o Chwedl y Brenin Arthur a hanes Iesu Grist.

WHYSH!

Glaniodd ar gefn bin Miss Swot.

CLONC!

'Aaaa!' gwaeddodd, wrth iddi ddisgyn ymlaen a glanio ar ben ei brawd.

CLONC!

'OOOO!'

Dechreuodd y ddau gwympo, a rowliodd Ben allan o'u ffordd.

Syrthiodd y ddau ar lawr.

CRASH!

Hedfanodd y darn Scrabble trwy'r awyr.

Daliodd y gath y darn yn ei cheg, cyn ei osod yn llaw Ben.

'Diolch!' meddai. 'Ti'n edrych ar f'ôl, on'd wyt ti?'

'MIAAAW!' meddai'r gath, er nad oedd Ben yn siŵr ai 'Ydw' neu 'Nac'dw' oedd ei hateb.

Doedd dim amser i oedi, achos roedd byddin o finiau yn ei amgylchynu.

'Ti wedi dy ddal!' gwaeddodd Mr Mostyn, wrth i Ben sleifio ar hyd y llawr gan geisio codi ar ei draed.

'Dwi ddim yn meddwl hynny!' meddai Ben.

Yna, gwthiodd Mr Mostyn a'i rowlio i gyfeiriad y biniau eraill.

ROOOOOOWLIO!

Cafodd y biniau eu taro i'r llawr fel sgitls!

THYNC! THYNC! THYNC!

Nawr, roedd gan Ben gyfle i ddianc. Gan gydio'n dynn yn y darn Scrabble yn ei law, rhedodd adref mor gyflym ag y gallai, gyda'r biniau'n ei erlid bob cam.

'STOPIWCH O!'

'PEIDIWCH Â GADAEL IDDO DDIANC!'

'RHOWCH O YN Y CARCHAR A THAFLWCH YR ALLWEDD!'

Defnyddiodd y gath ei chynffon i faglu un ohonynt.

BAGLU!

Ond doedd dim stop arnyn nhw.

Wedi iddo droi cornel i'w stryd, gwelodd Ben ei rieni yn disgwyl tu allan i'r tŷ yn cario dau siwtces.

'BEN! BLE GYTHRAUL TI WEDI BOD?' gwaeddodd Mam. 'MI FYDDWN YN HWYR I'R GYSTADLEUAETH DDAWNSIO!'

'TANIWCH YR INJAN!' gwaeddodd Ben, wrth i fyddin o finiau ymddangos tu ôl iddo.

'BE DDEUDIST TI?'

'TANIWCH YR INJAN! NAWR!'

Stwffiodd Mam a Dad y bagiau i'r gist cyn neidio i mewn i'w car bach brown.

Dechreuodd y car yrru i gyfeiriad y lôn fawr. Neidodd Ben i mewn trwy ffenest y teithiwr, ei goesau byr yn chwifio o gwmpas wrth i'r car yrru i ffwrdd ar wib.

BRWWWWM!

18

OFN MAWR

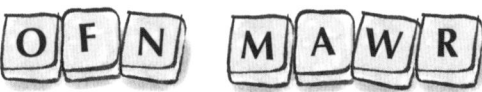

Wrth i Ben weld cromen anferth Neuadd Albert yn nesáu, daeth ofn mawr drosto.

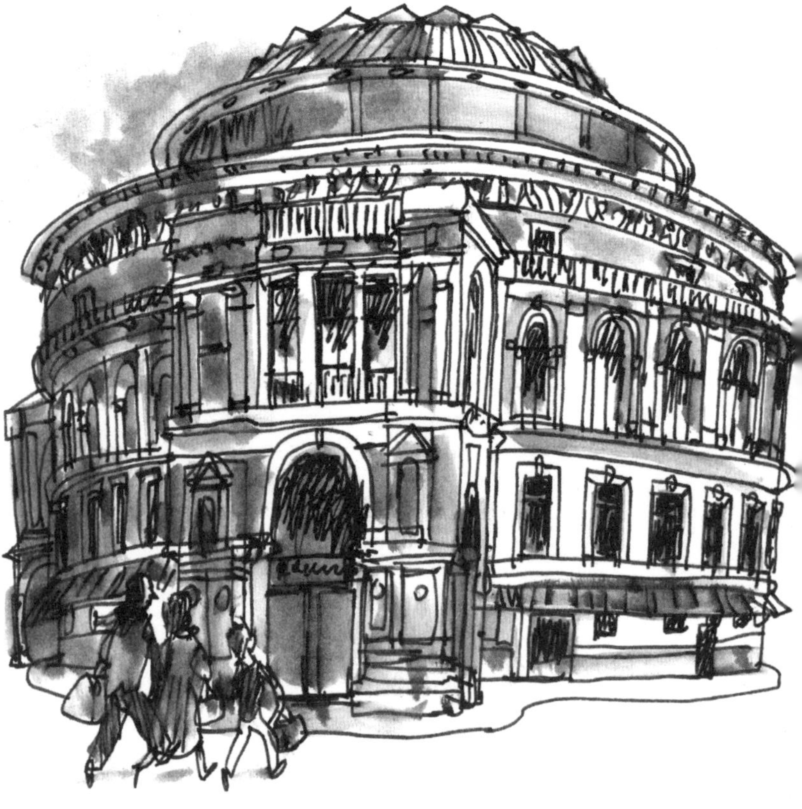

Rhaid bod y lle'n gallu dal miloedd o bobl, meddyliodd Ben. Ni allai gredu ei fod wedi cytuno i ddawnsio yno, yn enwedig o flaen y 𝓕𝓻𝓮𝓷𝓱𝓲𝓷𝓮𝓼!

'Dad, sut mae'ch pen-glin chi erbyn hyn?' gofynnodd, cyn cuddio y darn Scrabble yn ei drôns.

'O, mae o fymryn yn well, diolch am ofyn,' atebodd Dad.

'Mymryn yn well! Mae hynny'n WYRTHIOL.'

'Yn wyrthiol?'

'Ia! Gallwch ddawnsio o flaen y 𝓕𝓻𝓮𝓷𝓱𝓲𝓷𝓮𝓼!'

'O, na, Benjamin!' meddai Mam, yn siarp fel cyllell fara. 'Dwyt ti ddim yn mynd i gael dy draed yn rhydd mor rhwydd â hynny!'

'Ond — ' protestiodd Ben.

'Mi wn i'n iawn beth ti'n dreio'i wneud. Na. Na. Na. Mae'r hyn rydan ni'n dau'n mynd i'w wneud yn llawer mwy gwreiddiol. Ti ddim yn sylweddoli ein bod ni ar fin creu HANES?'

'Tydi o ddim yn Ail Ryfel Byd, nac'di!'

'HANES YM MYD Y DDAWNS! Y fam a'i mab, pâr o ddawnswyr sydd yn mynd i weddnewid y byd!'

'Ro'n i'n meddwl ymddeol ar ôl heno,' atebodd Ben.

'Ymddeol? Dim ond y dechrau yw hyn. Heno, bydd eilun chwedlonol yn cael ei eni!'

Mae'n swyddogol! meddyliodd Ben. *Mae ei fam yn hanner pan!*

Cyn gynted ag yr aeth pawb i mewn i'r neuadd, dywedodd Dad, 'Cic Mul!' wrth iddo eistedd i lawr. Dyma mae rhai dawnswyr yn ei ddweud wrth ei gilydd cyn mynd ar y llwyfan, i ddymuno pob lwc. Ond teimlai Ben mai ei Mam fyddai'n cael cic mul o achos ei ddwy droed chwith!

Yn y cyfamser, aethpwyd â Ben a Mam i'r ystafell newid yng nghefn y llwyfan gan un o'r trefnwyr. Roedd y lle'n llawn o gyplau'n ymbincio o flaen drychau wedi eu goleuo. Edrychai fel bod pawb yn adnabod ei gilydd wrth iddynt gyfarch y naill a'r llall yn ffug gyfeillgar trwy gogio cusanu a galw ei gilydd yn 'cariad'.

'Mŵŵŵŵa! Mŵŵŵŵa!'

'Plis dwed wrtha i yn gwmws lle cest ti'r lliw haul ffug, cariad! Pwy sos brown wnest ti ddefnyddio?!'

'O, ti moooor ddewr yn gwisgo melyn gyda phen-ôl mor fawr â hwnna, cariad!'

'Gobeithio wnei di ddim troi dy figwrn heno, fel wnest ti tro diwethaf!'

'Www, mae dy wallt yn bert, blodyn! Wig yw e, ife?'

'Wyt ti'n dala i ddawnso yn d'oed di, siwgwr? Wel, rhaid gweud, ti'n ysbrydoliaeth i ni i gyd!'

Gwisgodd y ddau amdanynt, Ben fel mynydd iâ a Mam fel y *Titanic*. Clywyd y dawnswyr eraill yn piffian chwerthin.

Ceisiodd Mam dwtio ei cholur trwchus wrth i'r cystadleuwyr eraill ei phwnio o'r ffordd, a dechreuodd Ben feddwl am rywbeth, **unrhyw** beth, a allai ei achub ...

A oedd hi'n bosib mai soser hedegog oedd Neuadd Albert, ac y byddai'n codi ac yn **gwibio** i'r gofod?

Neu a allai Llundain gael ei tharo gan *don anferth* o gwstard?

Beth pe bai Dafydd a Goliath yn atgyfodi ac yn dewis **ymladd yn ffyrnig** â'i gilydd yng nghanol Llundain, ac yn dinistrio Neuadd Albert?

Efallai byddai'n bosib i un o'r tapddawnswyr daro'r llawr yn rhy galed ac achosi i Neuadd Albert ddymchwel i'r llawr?

Beth pe bai Ben yn bwyta ciwb siwgwr hud allai ei droi'n bitw bach fel y gallai redeg i ffwrdd heb i neb ei weld?

Neu bod Bendigeidfran* yn galw heibio ac yn bwyta Neuadd Albert – a'r dawnswyr?

Beth pe bai TOMATOS FFYRNIG, anferth yn ymosod ar Lundain?

*Yn ôl y chwedl, roedd Bendigeidfran yn gawr ac yn Frenin Prydain.

Neu beth pe bai **deinosoriaid** yn ailymddangos ar y Ddaear? Efallai y byddai *Tyranosorws Rex* yn fodlon bwyta mam Ben, yn enwedig pe bai Ben yn gofyn yn garedig.

Neu beth pe bai **seren wib** anferthol yn dod o'r gofod ac yn syrthio ar ben Neuadd Albert. Byddai hynny yn LWC DDA IAWN ... yn GIC MUL!

Neu fyddin o **filiynau** o forgrug yn traflyncu Neuadd Albert mewn eiliadau, fricsen wrth fricsen.

Yn anffodus, er gwaethaf gweddïau Ben, ni ddigwyddodd yr un o'r uchod.

Yn hytrach, clywyd llais ar yr intercom yn dweud, 'Ben a Llinos Williams, dowch i'r llwyfan, os gwelwch yn dda!'

Beth allai fynd o'i le?

Wel, fel mae'n digwydd,

popeth ...

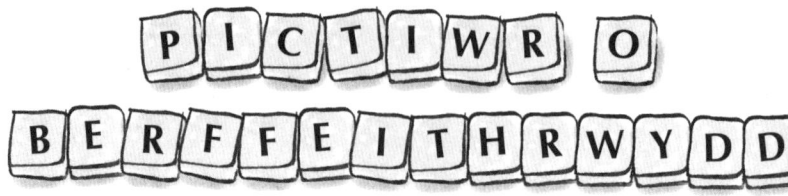

Safodd Ben a'i fam ar ymyl y llwyfan yn disgwyl i Flavio Flavioli gyhoeddi eu henwau.

'Eich *Uchelder Mawrhydi Mawreddog Brenhinol*,' cyhoeddodd Flavio yn orddramatig, wrth sefyll yn ei hoff fan sef yng nghanol y sbotolau. Yn ôl yr arfer, roedd wedi ei bolisio, ei addurno, ei chwistrellu, a'i oelio nes ei fod yn bictiwr o berffeithrwydd.

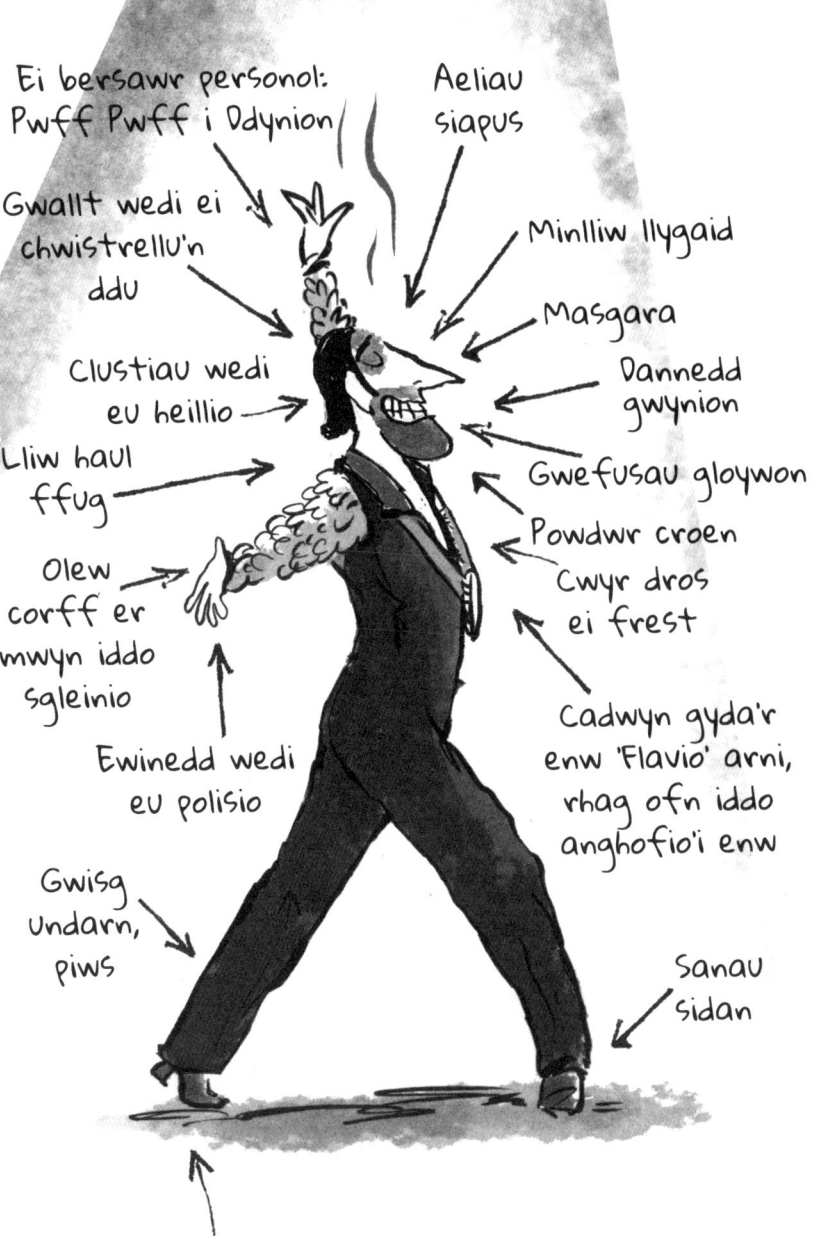

Safodd Ben yn nerfus ar ochr y llwyfan. Smiciodd ei lygaid. Roedd y goleuadau ar y llwyfan mor gryf nes ei bod hi'n anodd cadw ei lygaid ar agor. Yn y cefn roedd cerddorfa enfawr, pob aelod yn shifflo dalennau'r sgôr cyn chwarae'r darn nesaf.

'Boneddigion a boneddigesau, bechgyn a merched, mae'n bleser o'r mwyaf gennyf wahodd y cystadleuwyr nesaf i'r llwyfan. Maen nhw'n gwpl unigryw iawn, yn fam ac yn fab ... '

Clywyd sibrydion o syndod ymysg y dorf. Doeddan nhw ddim wedi gweld cwpl o'r fath o'r blaen – a ddim yn debygol o weld rhai tebyg byth eto!

' ... a'u henwau yw Ben a Llinos Williams. Credaf mai Ben yw'r mab a Llinos yw'r fam. Maen nhw wedi dod yr holl ffordd o Ynys Enlli i fod gyda ni heddiw, ac rwy'n deall eu bod yn enwog iawn yno. Ar gyfer y gystadleuaeth heno, mae'r ddau'n mynd i gyflwyno stori ddramatig suddo'r *Titanic* ... trwy gyfrwng DAWNS!'

Curodd y gynulleidfa eu dwylo'n gwrtais, heblaw am Dad, a safai ar ben ei hun yn bloeddio cymeradwyaeth, ac yn gweiddi hwrê!

'HWRÊ!'

Wrth i bawb droi i edrych arno, gwingodd mewn poen.

'AAA! Fy mhen-glin!' gwaeddodd, cyn disgyn yn ôl i'w sedd.

DWFF!

Yn y cyfamser, neidiodd Llinos ar y llwyfan, gan lusgo Ben druan ar ei hôl. Trodd y gymeradwyaeth yn chwerthin iachus pan welodd pawb eu gwisgoedd. Roedd llawer iawn o wisgoedd abswrd ar y llwyfan y noson honno, ond roedd llong a mynydd iâ yn hollol HURT!

'HA! HA! HA!'

Pe bai twll o'i flaen, byddai Ben wedi neidio i mewn iddo er mwyn diflannu oddi ar y llwyfan. Ceisiodd guddio tu ôl i'w fam, ond roedd hynny'n amhosib gan fod ei wisg fynydd iâ mor fawr a thrwchus. Ffars oedd hyn, ac roedd y gynulleidfa wrth eu boddau'n cael hwyl am eu pennau.

'HA! HA! HA!'

Arhoswch tan fyddwn ni'n dawnsio, meddyliodd Ben. *Yna, mi fyddwch yn chwerthin nes eich bod yn swp sâl.*

Crychodd Mam ei thrwyn a'i gwefus, ond cadwodd Ben ei ben yn isel. Nid oedd eisiau i'r Frenhines ei adnabod, ar ôl iddi ei weld y noson honno yn Nhŵr Llundain gyda Nana Crwca.

Yn ffodus, eisteddai'r Frenhines yn bell o'r llwyfan, uwch eu pennau yn y bocs brenhinol.

Ond roedd Flavio yn agos iawn atynt. Sylweddolodd pwy oedd y ddau'n syth. Sut allai anghofio'r noson pan ddawnsiodd Ben ar ben ei hun yng nghystadleuaeth dawnsio i'r plant iau, a chael y sgôr waethaf trwy'r holl fyd!

Tri sero.

Hyd yn oed ar ôl rhoi'r tri at ei gilydd, roedd cyfanswm y sgôr dal yn sero.

UN SERO FAWR!

Fodd bynnag, yn ôl yr olwg ar ei wyneb, yr un oedd yn peri ofn i Flavio yn fwy na neb arall ... oedd Mam!

Hon oedd y gefnogwraig wallgof oedd wedi rhoi cusan bywyd iddo ar ôl cael ei daro ar ei ben gan esgid ddawns!

'O, na! Chi ydy hi!' meddai Flavio dan ei wynt, wrth i Llinos ddod yn anghyffordddus o agos ato.

'O, ia!' atebodd hithau. 'Fi yw hi! Ac edrycha ar f'ewinedd!'

Chwifiodd ei hewinedd o faen ei lygaid. Gan ei bod yn gweithio mewn salon ewinedd, deuai Mam adref yn aml gyda phob math o greadigaethau od a rhyfeddol ar flaenau ei bysedd. Heno, roedd ei hewinedd ar ei dwylo'n sillafu: CARU T FLAVI.

'Pe byddai gen i fys arall, byddwn wedi gallu rhoi 'i' ar ôl y 'T', eglurodd.

Gwenodd Flavio yn wan, ysgwyd ei ben cyn dawnsio'r tsa-tsa-tsa a symud mor bell ag y gallai oddi wrth ei ffan hanner pan ... sef MAM!

Ond cyn iddo ddiflannu o'r golwg, gosododd Flavio y meicroffon wrth ei geg: 'CERDDORIAETH, OS GWELWCH YN DDA!'

Curodd yr arweinydd oedrannus ei faton ar y stand cyn i'r gerddorfa ddechrau chwarae'r diwn fyd-enwog honno ...

20

Yn union fel oedd y ddau wedi ymarfer, dawnsiodd RMS *Titanic* (Mam) a'r mynydd iâ (Ben) eu camau wrth i'r miwsig ruo. Nesaf, daeth y ddau ynghyd gan efelychu symudiadau y naill a'r llall cyn i Ben gydio yn llaw ei fam a dechrau waltsio o gwmpas y llwyfan. Roedd y bachgen yn fyr o'i oed ac edrychai'r gwahaniaeth taldra braidd yn wirion. Clywyd chwerthiniadau o'r dorf, cyn i sŵn uchel ddweud wrthynt ddistewi.

'SHHHT!'

Dad oedd o, yn amddiffyn enw da ei deulu, gan fynnu bod y 5,271 o bobl yn Neuadd Albert yn ymdawelu.

Yna, gwelwyd symudiad dramatig cyntaf y ddawns. Gyda llawer o drafferth, cododd RMS *Titanic* y mynydd iâ a'i osod ar ei phen. Yna, trodd Mam yn ei hunfan wrth i Ben ymestyn ei freichiau a'i goesau fel seren fôr, gan weddïo bod neb o'r ysgol yn y gynulleidfa.

Dilynwyd hynny gan symudiad mentrus, un yr oedd Mam yn gobeithio fyddai'n syfrdanu'r beirniaid. Gan afael yn fferau Ben, gadawodd iddo lithro i lawr ei chefn cyn glanio ar y llwyfan. Er ei fod yn fyr, roedd y bachgen braidd y drwm. Syrthiodd yn swp ar y llawr.

SWP!

'HA! HA! HA!' chwarddodd y dorf.

'Pwyll, Mam!' sibrydodd Ben.

'Fi yw'r *Titanic*, Ben, a ti yw'r ... mynydd iâ!' sibrydodd hi'n ôl.

Yna, cydiodd hi yn ei mab gerfydd ei fferau.

'Aw! Pwyll gyda'ch ewinedd!' cwynodd Ben, wrth i'w hewinedd ffug balu i mewn i'w groen.

'Ust!' meddai Mam, yn flin.

Cyn gynted ag y cafodd Mam afael da arno, llusgodd Ben ar draws y lwyfan gerfydd ei fferau, gan ei droi rownd ar ei gefn. Pe baech wedi cerdded i mewn yn hamddenol i Neuadd Albert, byddech yn cael maddeuant am feddwl bod y ddynes yn defnyddio'r bachgen i lanhau'r llawr â mop.

Ond toc ar ôl i'r symudiad cyntaf ddechrau, cychwynnodd un newydd. Wrth i'r gân gyrraedd uchafbwynt dramatig, gollyngodd y *Titanic* y mynydd iâ.

Rowliodd y mynydd iâ drosodd a codi ar ei draed, cyn camu i gyfeiriad *Titanic* a oedd yn sefyll yn llonydd ar ganol y llwyfan.

'Dwi ddim y meddwl y medraf wneud y troelliad!' sibrydodd Ben.

'Ond hwnnw yw'r diweddglo dramatig!'

'Mi wna i 'ngorau!'

'Er mwyn Flavio!'

Er bod Ben yn gwybod ei fod o'n syniad twp, gafaelodd yn arddyrnau ei fam. Yn syth bin, teimlodd ei hewinedd yn mynd i mewn yn ddwfn i'w groen.

'AW!'

'Ust!' meddai ei fam.

Yna, dechreuodd ei chwyrlïo o gwmpas.

Yn araf ar y cychwyn, ac yna yn gynt ac yn gynt wrth i'r gerddoriaeth gyflymu.

Codwyd traed Mam oddi ar y llawr wrth iddi gael ei throi o gwmpas yn yr awyr.

Creodd hyn argraff dda ar y gynulleidfa. Nid golygfa gyffredin oedd gweld gweld bachgen yn codi ei fam oddi ar y llawr.

Cafwyd curo dwylo, a gwaedd o gefnogaeth gan Dad.

'MAE HYN YN WYCH!'

Gwingodd Ben mewn poen wrth i ewinedd Mam dyrchio i'w freichiau.

'Mae hyn yn boenus!' cwynodd.

'Paid â ngollwng i!' plediodd Mam.

WHIIIIII!

Bellach, roedd Mam wedi magu ei momentwm ei hun. Yn groes i'w ddymuniad, ni allai Ben roi gorau i'r chwyrlïo. Hedfanodd y ddynes trwy'r awyr mor gyflym nes ei bod yn amhosib i'w harafu.

WHIIIIII!

Ac wrth iddi gyflymu, palai ei hewinedd yn ddyfnach i mewn i groen Ben. Dyfriodd ei lygaid mewn poen.

'MAM! Alla i ddim dal fy ngafael ynddoch ddim mwy!' gwaeddodd.

'Wrth gwrs y galli di! Mae'r symudiad bron ar ben, Ben! Ychydig mwy o eiliadau!'

'ALLA I DDIM! ALL RHYWUN FY HELPU, OS GWELWCH YN DDA?'

WHIIIIII!

Nid oedd arweinydd y gerddorfa yn gwybod beth i'w wneud a dechreuodd arwain yn gyflymach a chyflymach. O ganlyniad, cyflymodd y gerddoriaeth. Ac wrth i'r miwsig gyflymu, cyflymodd Mam hefyd!

SWISH! SWISH!

Crafodd ei hewinedd ar hyd breichiau a dwylo Ben.

O'r cyrion, gwyliai Flavio Flavioli yn gegrwth.

'FLAVIO, ACHUB FI!' gwaeddodd Mam, wrth i'w thraed wibio'n agos i'w wallt seimllyd.

Symudodd Flavio allan o'i ffordd. Rhedodd ar draws y llwyfan, gan obeithio na fyddai'n cael ei daro. Ond ofer oedd hynny.

'MAE'N DDRWG GEN I, MAM!' galwodd Ben, wrth i'w bysedd lithro o'i afael.

WHYSH!

'GALWA FI'N *TITANIC!*' gwaeddodd hithau, wrth iddi hedfan trwy'r awyr. Hedfanodd mor gyflym nes iddi ymdebygu i niwlen – niwlen drawodd Flavio yn galed ...

BWMFF!

... a'i luchio i ganol y gynulleidfa.

WHIIIISH!

Glaniodd Flavio ar ben Dad.

WMFF!

Clywyd diweddglo dramatig FFLAT HUW PUW
wrth i Mam lanio ben i waered ar ben y beirniaid!

Yna, bu distawrwydd llethol,

heblaw am lais Ben yn dweud,

'Wps!'

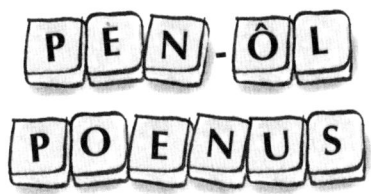

21

PEN-ÔL POENUS

'Dwi'n meddwl 'mod i wedi cracio fy mhen-ôl!' cwynodd Flavio.

'Nid dy ben-ôl! Naaaaaa!' gwaeddodd Mam.

'A mae 'mhen-glin arall yn boenus iawn hefyd!' meddai Dad yn gwynfanllyd.

O gwr y llwyfan, hedfanodd esgid ddawnsio trwy'r awyr.

WIIII!

Cafodd Ben ei daro ar ei ben.

'AW!'

Disgynnodd i ganol y gerddorfa ...

DWFF!

... a glaniodd ar ben yr offerynwyr.

AW!

Yn ei dro, cwympodd yr arweinydd yn erbyn ei stand.

THWAC!

Dyna pryd dechreuodd pawb ddisgyn fel rhes o ddominos.

Cwympodd y stand ar ben y delynores.

TANT!

Cwympodd y delyn ar ben y feiolinwyr.

TWANG!

A syrthiodd rheini ar ben yr offerynwyr pres.

CORN!
TRWMPED!

Disgynnodd yr offerynwyr pres ar ben y pianydd.

PLONC!

Hyrddiwyd y piano mawr ymlaen gan daro'r drymiau.

BWM!

DRWM!

Yn fuan, roedd yr holl gerddorion a'u hoffferynau'n un pentwr.

Yn sydyn, cododd aelodau o'r gynulleidfa flin ar eu traed, a pwyntio eu bysedd at Ben.

'Mae'r crwt 'co wedi strwa ein nosweth ni!'

'Ei fai ef yw'r cwbl!'

'MAE HYN YN WARADWYDDUS!'

'Rhaid ei gosbi!'

'Y CENAU BACH ITI!'

'Stopwch y crwt 'na!'

'AR EI ÔL E!'

'Cydiwch yn ei giwbiau iâ!'

'ARESTIWCH O!'

'Toddwch y diawl bach a'i droi'n bwll o ddŵr!'

Dringodd Ben yn ôl i'r llwyfan, ond yn fuan iawn fe'i hamgylchynwyd gan blismyn a oedd yno i warchod y *Frenhines*.

Penderfynodd y bachgen ei heglu oddi yno. Neidiodd oddi ar y llwyfan ar ben cefn cadair aelod o'r gynulleidfa. Wrth i nifer o ddwylo geisio cael gafael arno gerfydd ei fferau, neidiodd o gadair i gadair.

NAID!

SBONC!

NAID!

Ond sylweddolodd yn fuan iawn nad oedd
UNRHYW FFORDD ALLAN!

Gan ei bod wedi mynd i'r pen arno, edrychodd Ben i fyny ar y bocs brenhinol. Efallai byddai'r *Frenhines* yn fodlon ei helpu? Neidiodd dros gadeiriau a thaflodd ei hun yn erbyn wal y neuadd. Wedi ei wisgo fel mynydd iâ, byddai dringo i fyny i'r bocs brenhinol yn waith anodd, ond yn fuan iawn cyrhaeddodd Ben ei gyrchfan. Cododd ei hun dros y balconi a disgyn yn swp ar y llawr, cyn chwifio'i freichiau a'i draed fel melin wynt mewn corwynt.

Straffaglodd ar ei bengliniau ac arhosodd yn hollol stond. Roedd yn fwy na pharod i bledio arni am help.

'Eich Mawrhydi,' meddai, 'dwn 'im os dach chi'n fy nghofio i. Ben. Wnaethon ni gyfarfod yn hwyr rhyw noson yn Nhŵr Llundain – chi, fi a Nain. Roeddan ni'n dau yno i ddwyn eich 𝒯𝓁𝓎𝓈𝑜𝓊. Yn garedig iawn, cawsom faddeuant gennych y noson honno, a heno dwi'n gofyn unwaith eto am faddeuant. Plis! Rwy'n erfyn arnoch, helpwch fi!'

Edrychodd i fyny ar y 𝒢𝓇𝑒𝓃𝒽𝒾𝓃𝑒𝓈, ond doedd dim ymateb i'w gael.

Oddi tano, clywodd dorf flin yn ysu am ei waed.

'BETH YFFACH TI'N FEDDWL TI'N WNEUD, GRWT?!'

'PAID Â SYMUD CAM YN NES AT Y FRENHINES!'

'DODWCH E YN Y TŴR!'

Gyda'r sefyllfa bron ar ben arno, estynnodd Ben ei law i gyffwrdd â llaw'r *Frenhines*.

'PLIS!'

Yr eiliad honno, sylwodd ar rywbeth od.

Roedd llaw y *Frenhines* mor oer â phlât arch.

Yn syth bin, sylweddolod Ben

nad y *Frenhines* oedd hi! O'i flaen, safai

ei DELW CWYR!

22

FFIGWR DIRGEL

CNOC! CNOC! CNOC!

Clywyd cnocio trwm ar ddrws y bocs brenhinol.

'HEDDLU! AGORWCH Y DRWS!'

Roedd calon Ben yn curo hefyd. Neidiodd i'r bocs drws nesaf, a oedd yn llawn o bobl grand yn eu siwtiau melfed a'u ffrogiau drudfawr.

'Esgusodwch fi!' meddai, wrth ruthro heibio a mynd allan trwy'r drws.

Ciledrychodd Ben i'w dde a gwelodd nifer o blismyn tu allan i'r bocs brenhinol.

Syllodd yr heddweision arno. Gwenodd Ben yn ôl arnynt, cyn dweud, 'Noswaith dda.' Yna, dechreuodd sleifio i ffwrdd yn araf rhag codi amheuon. Fodd bynnag, gan ei fod wedi ei wisgo fel mynydd iâ, roedd o'n siŵr o dynnu sylw.

Nodiodd pob un o'r plismyn nes i'r un lleiaf twp yn eu plith ei adnabod.

'Y crwt sydd wedi ei wisgo fel mynydd iâ!' gwaeddodd. 'Ar ei ôl e!'

Ceisiodd Ben ddianc gan redeg fel Guto Nyth Brân* ar hyd y cyntedd crwn.

O'i flaen, gwelodd Ben ffigwr *dirgel* yn diflannu trwy ddrws gydag arwydd arno:

DIM MYNEDIAD

Ciledrychodd dros ei ysgwydd. Sylwodd ei fod o olwg yr heddlu, ac felly sleifiodd trwy'r drws cyn ei gau ar ei ôl. Safodd yn y tywyllwch a clywodd sŵn traed yn mynd heibio. Llwyddodd i'w hosgoi. Am nawr. Yn y pellter, gwelodd belydryn o olau'n ymddangos ac yna'n diflannu wrth i'r **ffigwr** symud o ddrws i ddrws. Rasiodd ar hyd y coridor er mwyn ceisio dal i fyny. Pan agorodd y drws nesaf, gwelodd risiau tro, a'r ffigwr yn rhedeg i fyny.

SBONC! SBONC! SBONC!

*Rhedwr cyflym oedd Guto Nyth Brân (1700–1737). Mae sôn ei fod wedi rhedeg saith milltir wrth i'w fam ferwi tecell. Mae ei gofgolofn yn Aberpennar, Dyffryn Cynon.

Cadwodd y bachgen ei bellter – nid oedd eisiau cael ei weld. Felly, disgwyliodd i'r ffigwr gyrraedd pen y grisiau cyn eu dringo.

CLONC! CLONC! CLONC!

Roedd hatsh bychan ar ben y grisiau tro. Ar ôl ei agor, sylweddolodd Ben ei fod ar ben to cromen Neuadd Albert.

Safodd y **ffigwr** ar ben y to.

Roedd eisoes wedi diosg ei ddillad a bellach yn gwisgo siwt undarn ddu, yn union fel yr un oedd Nana Crwca yn ei gwisgo fel **Y Gath Ddu**! Yna, cymerodd fasg o'i boced a'i osod dros ei ben.

Nesaf, tynnodd gordyn o fag.

PLWC!

Cyn i rywun allu dweud 'TRÔNS TAID', digwyddodd rhywbeth rhyfeddol! Mewn eiliadau, trodd y bag yn ... gleider!

WOW!

Roedd y barcutwr yn barod i hedfan. Ond cyn i Ben allu galw, 'PWY YDACH CHI?' cododd y gleider i'r awyr, a hedfan i dywyllwch y nos.

23

AROS BLE'R WYT TI!' oedd y waedd o'r tu ôl i Ben.

Trodd rownd a gwelodd yr heddlu yn sefyll ar do Neuadd Albert.

Yn yr awyr yn y pellter, hedfanodd gleider y ffigwr *dirgel*. *Rhaid bod rhyw fantais i'r ffaith 'mod i wedi gwisgo fel mynydd iâ*, meddyliodd Ben. Ac felly, heb feddwl ymhellach, rhedodd i gyfeiriad yr heddlu. O weld y lwmp anferth o iâ yn dod i'w cyfeiriad, neidiodd pob un wan jac o'i ffordd.

'AAA!'

'HELP!'

'NAAAA!'

Wrth i Ben ddianc, llithrodd y plismyn i lawr ochr y gromen. Safai plismyn rhyngddo ef a'r drws yr oedd newydd ddod trwyddo, ond yn **ffodus** iawn daeth ar draws hatsh ar y to, a llwyddodd i'w agor.

GWICH!

Yn **anffodus,** arweiniai'n syth i'r neuadd. ROEDD FFORDD HIR IAWN I'R GWAELOD!

Yn Neuadd Albert, mae siapiau sy'n ymdebygu i fadarch yn hongian o'r nenfwd. Mae'r rhain wedi eu gwneud o wydr ffeibr a'u pwrpas yw helpu'r sain yn y neuadd enfawr. Wrth i'r heddlu ddod i mewn trwy'r hatsh, teimlai Ben nad oedd ganddo fawr o ddewis. Neidiodd, a glaniodd ar un o'r madarch anferthol.

DOINC!

Ond gan fod honno'n hongian ar wifrau, dechreuodd y fadarchen siglo yn ôl ac ymlaen, gan daro yn erbyn y madarch eraill.

CLONC!

CLONC!

Neidiodd Ben o fadarchen i fadarchen wrth i filoedd o bobl ei wylio mewn dychryn.

'OOO!'

'PAID Â SYRTHIO, BEN!' gwaeddodd Dad o'r gwaelodion.

'DWI DDIM YN BWRIADU GWNEUD!' gwaeddodd Ben yn ôl.

Ymhen dim, clonciodd ei ffordd i ochr y neuadd. Neidiodd oddi ar y fadarchen olaf a dianc ar hyd y coridorau ac i lawr y staerau.

Fodd bynnag, ym mhob cyfeiriad, daeth mwy a mwy o blismyn at ei gilydd. Bellach, doedd dim modd i Ben hyrddio trwyddynt. Cydiodd yr heddweision ym mreichiau ei gilydd, fel pe baent yn rheoli torf.

'NI WEDI DY DDALA DI NAWR, GW'BOI, WEDYN STOPA'R DWLI HYN A DERE GYDA NI!' gwaeddodd un o'r plismyn, a edrychai fel pe bai'n uwch ei statws na'r gweddill.

Agorwyd ffenest wrth ymyl Ben.

GWICH!

Y Gath Ddu! oedd yn ei hagor! Gwthiodd

chwarel y ffenest gyda'i phen. Winciodd Ben ar y gath. Winciodd y gath yn ôl arno, a chanu grwndi.

'PRR! PRR! PRR!'

Achubwyd Ben unwaith yn rhagor gan y creadur. Y ffenest oedd yr unig ffordd iddo ddianc. Er ei fod wedi gwisgo fel mynydd iâ, atebodd yr heddwas yn arwrol gan weiddi, 'BYTH!'

Yna, pan welodd fws heb do yn arafu tu allan i'r neuadd, penderfynodd neidio. (Mae Ben yn hoffi neidio!)

NAID!

THYMP!

Glaniodd ar ei din yn sedd gefn y bws, cyn i'r cerbyd ailgychwyn ar ei daith.

BRWWWM!

Cododd Ben ei law ar y plismyn a ymgasglodd wrth y ffenest.

'HWRE! TA-TA!' gwaeddodd.

Nesaf, edrychodd i fyny i'r awyr i weld a oedd y ffigwr dirgel yn dal yno.

Yn y pellter, sylwodd Ben ar amlinell gleider rhyngddo a'r lleuad. Ond roedd y bws yn teithio y ffordd anghywir! Felly canodd y gloch, rhedeg i lawr y grisiau tro a neidio oddi ar y bws. Yn ffodus, roedd bws yn dod o'r cyfeiriad arall ar yr union eiliad honno. Croesodd Ben y ffordd a neidio ar y bws hwnnw, cyn rasio i fyny i'r llawr uchaf.

Hedfanodd hwnnw **uwchben** Afon Tafwys ac o dan Pont y Tŵr cyn glanio ar do un o'r adeiladau hanesyddol enwocaf yn y byd.

Tŵr Llundain.

Roedd pen Ben, a'i ymennydd, ar dân.

A oedd rhywun ar fin dwyn

Tlysau'r Frenhines?

!

Dringodd Ben i ben bin fel y gallai sefyll ar y wal garreg enfawr a amgylchynai Tŵr Llundain. Edrychodd ar y castell canoloesol wedi ei oleuo yn y nos. Nid oedd wedi bod yno ers y noson honno pan geisiodd ef a Nana ddwyn *Tlysau'r Frenhines.*

Croesodd Ben y ffos o amgylch y castell a dringodd i fyny'r ail wal. Nesaf, neidiodd i'r gerddi, a cherdded ar flaenau ei draed i Floc Waterloo, cartref y *Tŷ Tlysau.*

Mae'r castell ar Afon Tafwys yn gartref i nifer o adeiladau godidog. Yn eu plith mae:

CAPEL BRENHINOL SAN PEDR AD VINCULA
O'i gyfieithu o'r Lladin, ystyr yr enw yw 'San Pedr mewn cadwyni'. Dyma lle claddwyd nifer o'r carcharorion enwocaf a gawsant eu dienyddio yn y Tŵr, rhai fel Anne Boleyn, un o wragedd anffortunus y Brenin Harri VIII.

BLOC WATERLOO
Bu'r lle yn faracs ar un cyfnod, ond mae bellach yn gartref i'r Tŷ Tlysau. Dyma lle mae'r gell lle cedwir Tlysau'r Goron.

Y TŴR GWYN
Hwn yw'r adeilad mwyaf ar y safle. Mae'n rhoi ei enw ar Dŵr Llundain a bu'n garchar rhwng 1100 a 1952.

Gwŷr y Gard, neu Warchodwyr Tŵr Llundain, sy'n gofalu am y Tŵr. Rhain yw'r 'Beefeaters' am eu bod, yn ôl y chwedl, yn cael eu talu â chig eidion! Gellid eu hadnabod yn syth am fod ganddynt:

Het Duduraidd

Medalau milwrol

Coler wen

Tiwnig goch ac aur

Blaenlythrennau E.R. ar eu tiwnig, sef Elisabeth Regina ('Regina' yw'r gair Lladin am 'frenhines')

Menyg gwynion

Ysgallen, rhosyn a meillionen, sef symbolau o'r Alban, Lloegr ac Iwerddon

Lantern

Sanau

Trywsus pen-g

Rhubanau ar eu hesgidiau

Polyn (arf canoloesol)

Yn draddodiadol, tasg yr hen filwyr yw cadw *Tlysau'r Goron* yn saff ar ran y brenin neu'r frenhines.

Er ei fod dal yn ei wisg mynydd iâ, llwyddodd Ben i gadw yn y cysgodion rhag cael ei weld a'i ddal. Wrth iddo gyrraedd y *Tŷ Tlysau*, gorglywodd Gwŷr y Gard yn siarad â'i gilydd.

'Arhoswch! Pwy sydd 'na?'

'Yr Allweddi.'

'Allweddi pwy?'

'*Y Frenhines Elisabeth.*'

'Dewch i mewn, Allweddi'r *Frenhines*. Mae popeth yn iawn.'

Nesaf, clywodd Ben draed yn brasgamu ar hyd y cerrig crynion ...

STOMP! STOMP! STOMP!

... cyn i'r lleisiau ailalw ar ei gilydd:

'Duw a gadwo'r *Frenhines Elisabeth*.'

'Amen!'

Yna, clywyd sŵn cloc yn taro deg.

BONG! BONG! BONG! BONG! BONG! BONG! BONG! BONG! BONG! BONG!

Edrychodd Ben i fyny ar y *Tŷ Tlysau*. Roedd y ffigwr dirgel wedi dringo i lawr yr adeilad ac yn gwthio ffenest ar agor. Pwy bynnag oedd y person, roedd yr amseru'n berffaith! Defnyddiwyd 'Seremoni'r Allweddi', sydd yn digwydd bob nos toc cyn deg o'r gloch, fel ffordd i dynnu sylw'r gwarchodwyr.

Cerddodd Ben ar flaenau ei draed i gyfeiriad y *Tŷ Tlysau* a dringodd i fyny'r beipen law i'r ffenest a oedd

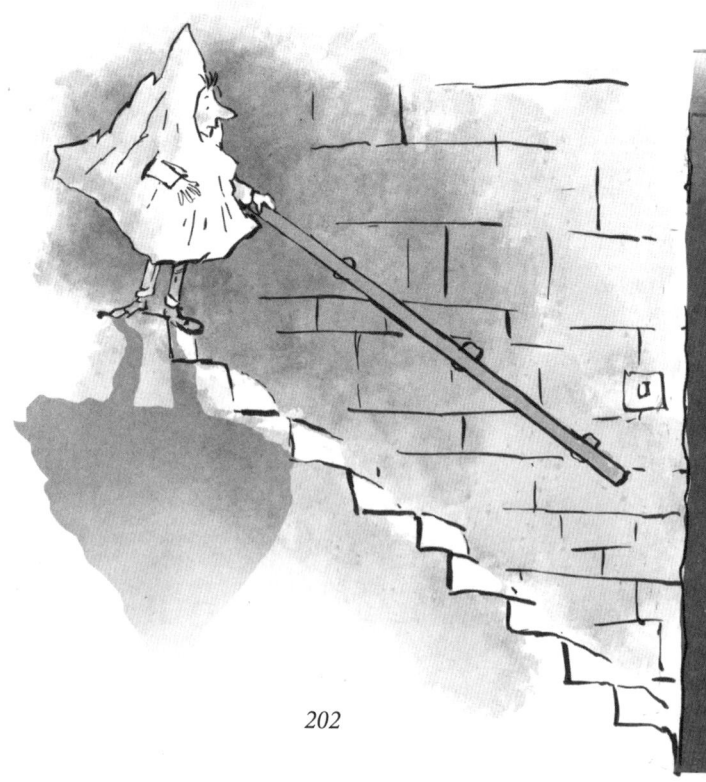

wedi ei hagor gan y ffigwr. Ar ôl mynd i mewn, aeth yn syth i lawr y staer i'r llawr isaf lle'r oedd *Tlysau'r Frenhines* yn cael eu harddangos.

Gyda mwgwd dros ei ben, safai'r ffigwr uwchben y gist wydr lle'r oedd *Tlysau'r Frenhines*, gyda darn o ddeinameit yn ei law. Deinameit oedd yr unig beth a allai dorri'r gwydr trwchus. Rhaid bod y ffigwr yn bwriadu eu dwyn!

Mae sawl *Tlws* yng nghasgliad y *Frenhines* ond y rhai enwocaf yw:

TEYRNWIALEN Y PENADUR

Mae'r deyrnwialen yn symbol o rym y brenin neu'r frenhines. Mae wedi ei haddurno â Seren Fawr Affrica, diamwnt naturiol mwyaf y byd.

CORON SAN EDWARD

Cafodd hon ei henwi ar ôl Edward Gyffeswr, brenin Lloegr rhwng 1042 a 1066 a'r un sydd wedi ei anfarwoli yn Nhapestri Bayeux. Mae'r goron drom wedi ei haddurno â 444 o gerrig gwerthfawr gan gynnwys sawl amethyst, garned, eurfaen, rhuddem, saffir, a thopas.

PELEN Y PENADUR

'Y Penadur' yw'r enw a roddir ar y brenin neu'r frenhines sydd ar yr orsedd ac mae'r belen yn cynrychioli'r Byd. Mae'r belen yn rhoi'r argraff fod yr holl fyd yn nwylo'r sawl sydd ar yr orsedd. Mae wedi ei chreu o aur ac enamel, ac yn cynnwys sawl gem werthfawr. Defnyddiwyd ym mhob Seremoni y Coroni ers Siarl II yn 1661.

Edrychodd Ben ag ofn yn ei lygaid wrth i'r ffigwr gynnau ffiws y deinameit.

SSSSSSSSSSSS!

Mewn ychydig eiliadau, byddai'n ffrwydro!

Wrth i'r deinameit gael ei osod ar y gist wydr, gwaeddodd Ben o'r cysgodion, 'NA! PLIS! PEIDIWCH!'

'Pwy sydd yna?'

Byddai Ben yn adnabod y llais hwnnw yn unrhyw le.

Llais y Frenhines!

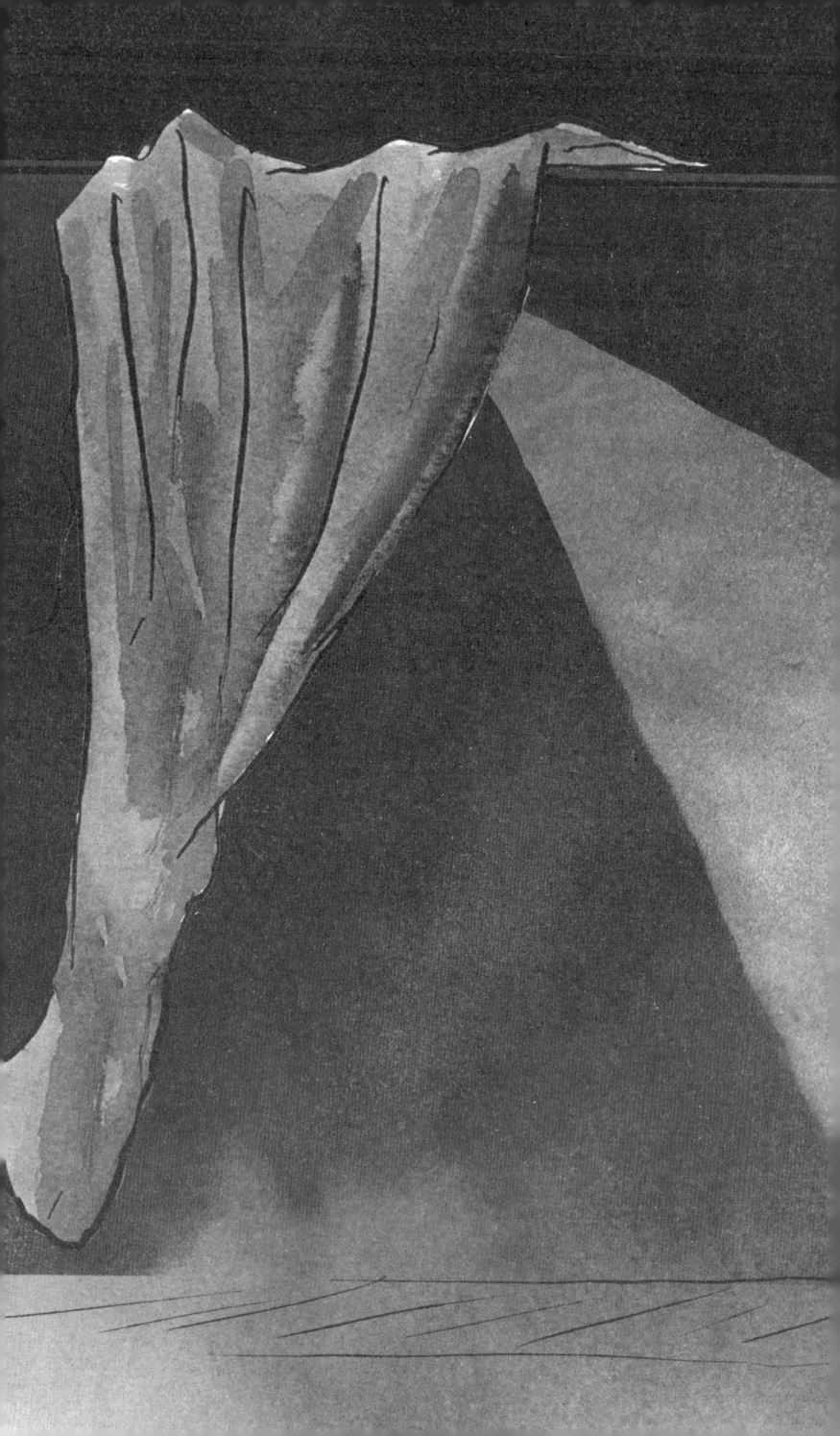

RHAN 3

Y
GYFRINACH
FWYAF

'ARHOSWCH! PWY SYDD YNA?' mynnodd y *Frenhines* eilwaith, wrth iddi droi rownd a diosg ei mwgwd.

Camodd Ben o'r cysgodion, ei holl gorff yn crynu ar ôl sioc enfawr. Pam ar y ddaear fyddai'r *Frenhines* eisiau dwyn ei *Thlysau* hi ei hun? Roedd y sefyllfa'n HOLLOL HURT BOST!

'Y f-f-fi, Eich Mawrhydi – Ben,' meddai, gan boeri siarad. 'M-m-mi

wnaethoch fy nghyfarfod yn yr ystafell hon f-f-flwyddyn yn ôl, pan o'n i gyda fy n-n-nain.'

'O, do, mi wnes i,' atebodd y *Frenhines* yn drahaus. 'Rhoddais i faddeuant i'r ddau ohonoch y noson honno. A nawr, ti wedi dychwelyd i fentro dy lwc unwaith eto, do? Ond pam, yn enw'r nefoedd, y doist ti yma wedi dy wisgo fel mynydd iâ?'

SSSSSSSSS!

'Eich Mawrhydi! Y deinameit!'

Edrychodd y *Frenhines* ar ffiws y deinameit, a oedd yn dal ar dân.

'O! Damia ddiawl!' rhegodd. Yna, dechreuodd chwythu a chwythu a chwythu ar y ffiws, fel plentyn â chanhwyllau ar gacen ben-blwydd.

WHYFFT! WHYFFT! WHYFFT!

'Mae'n gwrthod diffodd! HELP!'

SSSSSSSSS!

Rhuthrodd Ben ati a dechreuodd chwythu.

WHYFFT! WHYFFT! WHYFFT!

Ond er i'r ddau chwythu fel meginau gof, gwrthododd y ffiws ddiffodd.

'Beth mae'r *Frenhines* am wneud yn awr?' meddai'r *Frenhines*.

'Ei daflu trwy'r ffenest?' awgrymodd Ben. 'Dilynwch fi!'

Rhedodd y ddau nerth eu traed i fyny'r grisiau at y ffenest agored.

Roedd y *Frenhines* ar fin taflu'r deinameit allan pan edrychodd i lawr a gweld y gwarchodwyr oddi isod.

'Fy ngwarchodwyr! Gwŷr y Gard!' meddai.

'Y ffenest arall!' awgrymodd Ben.

SSSSSSSSSS!

Rhedodd at y ffenest oedd ar yr ochr arall i'r *Tŷ Tlysau*, ond pan edrychodd y *Frenhines* trwy'r ffenest, gwaeddodd, 'Cigfrain!'

'Cigfrain?!'

Edrychodd y bachgen i lawr a gwelodd dŷ adar bychan lle roedd yr adar duon yn cysgu.

'All y *Frenhines* ddim chwythu ei chigfrain i ebargofiant!' meddai'r *Frenhines*.

'Na! Ond os na thaflwch chi hwnna'n reit sydyn, mi fyddwch yn ein chwythu NI i ebargofiant!'

SSSSSSSSS!

Rhedodd y ddau a'u gwynt yn eu dwrn i ochr arall o'r adeilad ac agor ffenest. Ger ei hymyl, safai coeden dal.

'Taflwch o – nawr!' plediodd Ben.

SSSSSSSSS!

Edrychodd y *Frenhines* allan drwy'r ffenest. 'Mae gwiwer fach ar gangen y goeden! Edrycha! Allwn i ddim byw â'm hunan!'

'Tydach chi ddim am fyw o gwbl os na thaflwch chi hwnna!'

SSSSSSSSS!

Roedd un ochr arall o'r adeilad ar ôl. Agorodd Ben y ffenest olaf ac edrychodd y *Frenhines* i lawr i'r gwaelodion.

'Pob man yn glir?' gofynnodd Ben.

Yn drist iawn, nid oedd y *Frenhines* yn rhy siŵr. 'Mae'r siop anrhegion yno!'

'Ond mae hi'n hanner nos! Does neb yno!'

'Nag oes, ond meddylia am yr holl bobl fydd eisiau prynu blychau pensiliau o Lundain, doliau o Wŷr y Gard, a thuniau ofnadwy o ddrud o deisennau Berffro gyda fy wyneb del i arnyn nhw!'

'Dowch â hwnna i mi!' cyfarthodd Ben. Ar hynny, cydiodd yn y deinameit o law'r *Frenhines*. 'Os dwi'n cofio'n iawn, mae hen le chwech yn y seler.'

'Sut goblyn wyt ti, feidrolyn cyffredin, yn gwybod hynny?'

'Darlleniais amdano yn y **PAPUR PLWMWR!** Dach chi wedi ei ddarllen?'

'Alla i ddim â dweud fy mod wedi cael y pleser,' atebodd y *Frenhines*, yn ôl y disgwyl.

'Mewn rhifyn arbennig, roedd erthygl wych am 'Y LLE CHWECH GORAU YN Y BYD'!'

'O! Mae'n swnio'n hynod, HYNOD o ddiddorol,' meddai'r *Frenhines*, yn amlwg heb ei hargyhoeddi.

SSSSSSSSS!

Roedd y ffiws ar y deinameit bron wedi darfod. Dim ond eiliadau oedd ar ôl.

'Byddai'n syniad i chi fynd i guddio i rhywle, Eich Mawrhydi!'

'Diolch am yr awgrym. Ond rwy'n credu y byddai 'llochesu' neu 'gysgodi' wedi bod yn well gair na 'cuddio.''

'Cuddio, cysgodi, llochesu! Tydi fawr ots gen i pa air

sydd well gennych!' gwaeddodd Ben, wrth iddo rasio i lawr y grisiau i chwilio am yr hen doiled tanddaearol. Dilynodd y *Frenhines* wrth ei gynffon.

SSSSSSSSSSSSSS!

Roedd arwydd ar y drws pren: YR HEN LE CHWECH HYNAFOL*.

Taflodd Ben y deinameit i lawr yr hen dŷ bach a thynnu'r tsiaen mor galed ag y gallai.

FFLYSH!

Ar ôl eiliad neu ddwy, clywyd sŵn taranllyd sef ffrwydriad tanddaearol anferthol.

CABWWWWWWM!

26

Chwistrellodd dŵr tŷ bach dros ben Ben.

SPLASH!

Roedd wedi ei orchuddio o'i gorun i'w sawdl, ac yn edrych yn hollol wirion.

'HA! HA! HA!' chwarddodd y *Frenhines*.

'O! Ha! Ha!! Mae gweld rhywun yn socian mewn dŵr tŷ bach yn ddoniol, debyg!' meddai Ben yn ddig.

'Wel, ydy, fel mae'n digwydd! HA! HA! HA!'

Roedd chwerthiniad y wraig yn heintus, ac ymhen dim roedd Ben y chwerthin hefyd. 'HA! HA! HA!'

'HA! HA! Am hwyl! Dwi ddim wedi chwerthin cymaint ers i un o'r corgis gaca ar ben y Tywysog Siarl!' meddai. 'Ond Duw a ŵyr beth fydd Gwŷr y Gard yn feddwl oedd y sŵn ofnadwy!'

'Efallai byddan nhw'n meddwl bod rhywun wedi gwneud pw mawr!'

'Ha! Ha! Ar ôl bwyta speisys yn un o fy ngwleddau mawreddog!' ychwanegodd y Frenhines.

'Ha! Ha! Wyddwn i ddim eich bod chi'n berson mor ddoniol!'

'Mae llawer dwyt ti ddim yn ei wybod amdanaf, ŵr ifanc!'

'Mae hynny'n amlwg! Dwi wedi cael sioc eich bod chi yma o gwbl! Pam o'ch chi'n dwyn Tlysau'r Frenhines, sef eich tlysau chi'ch hunan?!'

'Myfi ... y Frenhines ... ofynnodd y cwestiwn cyntaf.'

'Do? A beth oedd hwnnw?'

'Pam wyt ti wedi gwisgo fel mynydd iâ?'

'O, ia. Dwi'n cofio chi'n gofyn nawr. Ro'n i'n cymryd rhan mewn cystadleuaeth ddawnsio.'

'O! Rhaid fy mod i wedi sleifio allan, fel iâr i ddodwy, cyn iti ddod i'r llwyfan.'

'Mam oedd y *Titanic*!'

'Nefoedd yr adar!' meddai'r wraig fonheddig. 'Mae'r Frenhines ... sef myfi ... wedi gorfod eistedd i edrych a gwrando ar gymaint o rwtsh dros y blynyddoedd, ond dawns am suddo'r *Titanic* yw'r syniad gwaethaf erioed!'

'Felly, mi wnaethoch sleifio allan a gadael delw cwyr yn eich lle!'

'Sut ar wyneb y ddaear wyt ti'n gwybod am y ddelw cwyr?'

'Dringais i fyny i'r bocs brenhinol!'

'O, na! Roedd y gystadleuaeth ddawnsio i fod yn *alibi* perffaith. Allwn i ddim â bod mewn dau le ar unwaith – Neuadd Albert a Thŵr Llundain. Doedd neb fod i amau dim!'

Yn ei ben, roedd Ben yn gosod y darnau jig-so yn eu lle.

'Felly, mae'n rhaid mai CHI sydd yn gyfrifol am yr holl ladradau? Dwyn *Coron yr Archdderwydd*, **CWPAN Y BYD** ac, wrth gwrs, y ddelw cwyr ohonoch chi'ch hunan!'

'Sut oeddet ti'n gwybod mai fi oedd yn gyfrifol am y lladradau eraill?' mynnodd y *Frenhines*. 'Dwed y gwir wrtha i!'

'Edrychwch!' meddai Ben, gan ddangos y darn Scrabble iddi. 'Cefais hyd i hwn yn Madame Tussauds.'

'Ooo!' meddai'r *Frenhines*, wedi dychryn.

'Peidiwch â phoeni. Dyw'r heddlu ddim yn gwybod am ei fodolaeth.'

'Roedd y *Frenhines* ... sef myfi ... wedi bod yn meddwl lle gadawodd hi'r darn Z ! Er mwyn eu herian, roeddwn am adael cliw bach ar fy ôl, nes i ti ddechrau busnesu!' Tynnodd lythrennau Scrabble eraill o'i bag llaw a'u gosod ar y bwrdd. H I S S

'Maen nhw'n ddarnau arbennig, wedi eu gwneud o borslen?' gofynnodd Ben.

'Cefais set gan gwmni Scrabble i ddathlu fy Jiwbili Arian!'

'Mae'r darnau i'r werin datw – pobl gyffredin fel fi – wedi eu gwneud o blastig!'

Roedd wyneb y *Frenhines* yn bictiwr o syndod. 'Wyt ti o ddifri?'

'Yndw. Dwi o ddifri!'

'O, na. Na. Na. Na. Doedd y *Frenhines* ... sef myfi ... ddim yn gwybod hynny. Mae rhywun wedi gadael y gath o'r cwd!'

'Mae Ben ... sef myfi ... yn cytuno!'

'Ond dyw'r heddlu ddim wedi datrys y ffaith mai myfi yw perchennog y set Scrabble.'

'Na. Ddim eto!'"

'O, na! Os newn nhw hynny, mi fydd y *Frenhines* ... sef myfi ... mewn caca Corgi*!'

Anadlodd y *Frenhines* yn ddofn cyn dweud, 'Bydd rhaid i mi wneud rhywbeth ynglyn â'r peth.'

'Ga i ofyn cwestiwn?' gofynnodd Ben.

'Nid yw pobl gyffredin ... 'y werin datw' ... i fod i ofyn cwestiwn uniongyrchol i frenin neu frenhines, ond mae'r frenhines hon ... sef myfi ... yn rhoi caniatâd arbennig iti,' atebodd y *Frenhines* yn drahaus.

'Pam dach chi wedi gwisgo fel fy nain?' gofynnodd Ben.

Edrychodd y *Frenhines* yn gyffrous arno. 'Rhaid i mi gyfaddef fy mod wedi 'benthyg' syniad gwych dy nain, sef cael hunaniaeth gyfrinachol! Roedd y *Frenhines* ... sef myfi ... yn awyddus iawn i fod yn **Gath 🐾 Ddu** hefyd. Gyda llaw, ble mae dy nain heno?'

Daeth cwmwl o dristwch dros wyneb Ben. Yn ddi-oed, gwyddai'r *Frenhines* beth oedd ystyr hynny. Roedd Nana yn wincio gyda'r twrch.

'O, mae'n wirioneddol ddrwg gen i am hynny, Ben,' meddai'r *Frenhines*.

'A finnau,' atebodd Ben.

*Daw'r gair 'corgi' o'r Gymraeg. Mae'n dalfyriad o 'corach gi'.

'Gallaf deimlo bod dy nain yn dy garu'n angerddol.'

'Ac ro'n innau'n ei charu hithau.'

'Dim ond cariad fydd ar ôl ohonom,' meddai'r Frenhines.

'Hyd yn oed chi?'

'Hyd yn oed myfi.'

Ond dach chi'n Frenhines!'

'Y Frenhines!' cywirodd, yn ffug hunanbwysig, gyda fflach o ddrygioni yn ei llygaid.

'Ond chi yw'r Frenhines,' meddai Ben.

'Dyna welliant! Da iawn ti! Yr unig beth sydd yn bwysig mewn bywyd yw rhoi cariad, a derbyn cariad. Sdim ots os wyt ti'n dywysog neu'n dlotyn.'

'Roedd hi'n amhosib i Nain a minnau garu ein gilydd yn fwy,' meddai Ben, gan ddechrau llefain.

Rhoddodd y Frenhines ei breichiau o'i gwmpas a'i gofleidio.

Cafodd Ben

GWTSH BRENHINOL!

27

'O, Ben! Doeddwn i ddim yn bwriadu gwneud iti grio,' meddai'r *Frenhines*, gan afael yn dynn ynddo.

'Dagrau hapusrwydd ydyn nhw!' meddai, wedi torri ei galon.

'Ti'n addo?'

'Dwi'n addo!' Ceisiodd Ben sychu ei ddagrau gyda'i lewys, ond roedd hynny'n amhosib, ac yntau wedi ei wisgo fel mynydd iâ mewn siwt gardbord.

'Gad i mi sychu dy ddagrau,' meddai'r *Frenhines*. Estynnodd hances bapur wedi ei defnyddio o'i llewys.

'Mae gennych hances bapur wedi ei defnyddio i fyny eich llewys!'

'Wrth gwrs hynny. Mae gan bob nain hances bapur i

fyny ei llewys. Mae'n un o'r rheolau pan wyt ti'n nain!'

Sychodd ei ddagrau. Ond ni allai beidio â phoeri ar yr hances bapur a sychu wyneb y bachgen.

'POER!'

'IYCH!' cwynodd Ben.

'Ddrwg gen i, cast drwg! Dwi'n dal i wneud hyn i fy mhlant. Maen nhw'n casáu'r peth! Yn enwedig pan ydan ni yn sefyll ar falconi Palas Buckingham o flaen torf anferth o bobl!'

Chwarddodd Ben wrth feddwl am yr olygfa cyn dweud, 'Ond, Eich Mawrhydi, dach chi ddim wedi ateb fy nghwestiwn. Pam dach chi yma heno yn Nhŵr Llundain yn dwyn *Tlysau'r Frenhines*, eich tlysau chi'ch hunan? Tydi o ddim yn gwneud synnwyr o gwbl!'

Gwenodd yr hen wraig. 'A oes gen ti unrhyw syniad sut brofiad yw bod yn *Frenhines*?'

'Nag oes. Dim mwy o syniad na thwrch daear am yr haul.'

'Mae'n golygu llawer o wenu a chodi dwylo a siglo dwylo a thorri rhubanau a chynnal dawnsfeydd a chael fy hebrwng o gwmpas yn nghefn pram anferth.'

'Pram anferth?'

'Coetsh a cheffyl, dwi'n feddwl. Fel un o'r rheini ti'n weld ar gae ras Ffos Las*. Mae'n gwneud i ni edrych fel babis crand!'

'O, yndi, dach chi'n llygad eich lle!'

'Gorfod gwneud y cyfan oll, a hynny heb fawr o gyffro!'

Crafodd Ben ei ben, cyn gofyn, 'Ai dyna'r rheswm pam mai chi yw'r **Gath 'r Ddu** newydd?

'Wel, ia, wrth gwrs! Newid gyrfa. Arallgyfeirio o fod yn *Frenhines* i leidr! Dwi wedi gorfod ymddwyn yn frenhinol ar hyd fy mywyd. Mae angen seibiant. Gwneud rhywbeth cwbl **WALLGOF!**'

'Ond hyn?' meddai Ben, yn anghrediniol. 'Beth petaech yn cael eich dal?'

'Dyna ran o'r cyffro!'

'Ond byddai'r byd yn dod i ben pe bai pobl yn darganfod bod y *Frenhines* yn lleidr tlysau rhyngwladol!'

'O, dwi ddim yn meddwl hynny! Ti'n gor-ddweud!'

'Ond gallech roi maddeuant i chi'ch hunan, debyg.'

'O, wrth gwrs! Wnes i ddim meddwl am hynny! Syniad sobor o dda! Dy nain ysbrydolodd fi i fod yn lleidr

---

*Mae cae rasio ceffylau Ffos Las yn Nhrimsaran, Sir Gaerfyrddin. Adeiladwyd ar safle hen waith glo brig.

tlysau rhyngwladol, a hi hefyd oedd yr ysbrydoliaeth i'w dychwelyd yn ôl.'

'Diolch i'r drefn am hynny,' atebodd Ben.

'Mae hynny'n eithriadol o bwysig. Does dim angen i mi ddweud wrthat fod dwyn yn ddrwg.'

'Ond yn hwyl hefyd?' gofynnodd Ben, yn ddigywilydd.

'Wel, yndi. Hwyl, ond mae dwyn yn ddrwg. Yn ddrwg iawn os nad yw rhywun yn rhoi'r cyfan yn ôl. A dyna'n union o'n i'n bwriadu ei wneud. Ond mae problem.'

'Dim ond un?' meddai Ben, dan wenu.

'Ers y lladradau, mae'r Amgueddfa Brydeinig a Stadiwm Wembley wedi gwella eu diogelwch. Mae angen i mi wneud rhywbeth yn reit sydyn cyn i'r heddlu astudio'r darnau Scrabble yn rhy ofalus!'

'Gadewch i mi eich helpu,' meddai Ben.

'Pan fyddet ti'n gwneud hynny?'

'Achos mi fyddai'n sbort. Ro'n i'n meddwl y byddech chi'n ddynes grand a snobyddlyd o achos eich bod yn Frenhines. Ond dach chi'n berson eithaf normal.'

'Diolch i'r drefn am hynny!'

'Dwi'n eich hoffi.'

'A dwi'n dy hoffi dithau hefyd,' atebodd, cyn edrych yn amheus ar y bachgen. 'Gobeithio bod ti ddim yn ceisio canmoliaeth er mwyn cael dy urddo'n farchog!'

'Nac'dw! Byddai Syr Ben Wyn Williams yn swnio'n hurt! Dwi eisiau cael cyfle i ddweud diolch wrthych am fod mor dda wrth Nain a minnau.'

'Un nain wrth y llall! A'r ddwy yn GRWCA!'

'Pwy feddyliai bod y *Frenhines* yn Nana Crwca?'

Yna, clywodd y ddau set o allweddi yn tincian tu allan i ddrws *Tŷ Tlysau.*

TINCIAN! TINCIAN!

Ac yna allwedd yn troi yn y clo.

CLIC!

A'r drws yn agor.

GWICH!

'Gwŷr y Gard!' sibrydodd y *Frenhines*. 'Does fiw iddyn nhw fy ngweld yn fan hyn!'

'Wel, byddai'n syniad da i ni ddianc, 'te!'

Cydiodd yn llaw'r *Frenhines*, cyn i'r ddau gerdded ar flaenau eu traed i fyny'r grisiau. Wrth i Wŷr y Gard oleuo ystafell *Tlysau'r Frenhines* gyda'u lanternau i weld beth

oedd wedi mynd ymlaen, sleifiodd y ddau allan trwy'r drws agored i'r iard.

Ar hynny, canodd cloch larwm yn fyddarol.

DRING!

Daeth y llifoleuadau ymlaen.

Edrychodd Ben a'r *Frenhines* ar ei gilydd, mewn dychryn.

'Mae'n rhaid eu bod nhw'n gwybod ein bod ni yno!' meddai Ben.

'Rwyf wedi gadael y llythrennau Scrabble ar ôl! Hulpan wirion!'

'O, na!'

'Wyt ti'n gwybod am ffordd allan?' gofynnodd y wraig.

'Dach chi wedi bod mewn draen o'r blaen?'

'Alla i ddim â dweud fy mod i. Ond mae'r *Frenhines* yn barod iawn i gael profiadau newydd!'

'Yna dilynwch fi!' meddai Ben

wrth iddo ei thywys

o leoliad y drosedd.

28

Gan fod y gloch larwm wedi canu, heidiodd Gwŷr y Gard i mewn i Dŵr Llundain!

Yn nhywyllwch y nos, a gyda'u polion arfog yn eu dwylo, gwaeddodd yr hen bobl ar ei gilydd.

'ARHOSWCH LLE'R YDYCH CHI! PWY YDACH CHI?'

'Rhaid bod y fynedfa i'r draeniau'n agos i fan hyn!' sibrydodd Ben.

'Ond ble?' atebodd y 𝓕𝓻𝓮𝓷𝓱𝓲𝓷𝓮𝓼, braidd yn ofnus.

Edrychodd Ben i lawr ar ei thraed. Safai'r wraig ar ben caead draen.

'Dach chi'n athrylith!' meddai.

'Ydw i?'

'Edrychwch dan eich traed!'

'O! Ydw! Mi'r ydw i!'

Penliniodd y ddau cyn dechrau codi'r caead metel trwm gyda blaenau eu bysedd. Yna, clywsant seirenau ceir yr heddlu a sgrechian teiars ...

WWW! HWW! WWW! HWW!

SGREEEEEEEECH!

... 'Ar eich hôl chi, Eich Mawrhydi,' meddai Ben, yn tagu ar ei eiriau.

Edrychodd y *Frenhines* i lawr i'r twll du, budr. 'Na! Na! Ar dy ôl di! Y baw o flaen y brwsh!'

Neidiodd y bachgen i mewn i'r twll, cyn cynnig ei law i roi cymorth i'r *Frenhines*. Gyda'i gilydd, llwyddodd y ddau i wthio'r caead yn ôl i'w le, eiliadau cyn i rywun redeg drosto.

CLOMP! CLOMP! CLOMP!

Nawr, roedd y ddau mewn piben garthion (gair crand am biben GACA!) a oedd yn arwain o Dŵr Llundain i mewn i Afon Tafwys.

'Gobeithio eich bod yn gallu nofio, Eich Mawrhydi!' meddai Ben, ei lais yn adleisio yn y biben garreg.

'Mae blynyddoedd wedi mynd heibio ers i mi ennill bathodyn nofio pan o'n i'n ferch fach, ond mi wnaf y gorau galla i ... fy **ngorau glas!**'

Roedd pob math o **bethau ych-a-fi** yn y draen:

Ac yn waeth na dim, **CACA OEDD YN FIL O FLYNYDDOEDD OED!**

'Gallaf ddeall yn awr pam nad yw'r dreiniau'n cael eu cynnwys fel rhan o daith y Tŵr,' meddai'r *Frenhines*.

'Gwasgwch eich trwyn, Eich Mawrhydi!'

'O! Ond yw hyn yn hwyl!' meddai'r *Frenhines*, gan wasgu ei thrwyn a swnio braidd yn wirion.

Ymhen dim, roedd y ddau hyd at eu fferau mewn dŵr brown.

Yna hyd at eu pengliniau.

Yna hyd at eu canol.

Yna hyd at eu brestiau.

Yna hyd at eu gyddfau.

Cyrhaeddodd y ddau ben y garthffos. Ymhellach draw, roedd Afon Tafwys.

'Caewch eich llygaid a daliwch eich gwynt,' meddai Ben.

'O! Ond yw hyn yn hwyl!'

Gan afael yn dynn yn llaw y *Frenhines*, neidiodd i'r dŵr oer.

Nofiodd y ddau gyda'i gilydd dan y dŵr nes iddynt ailgodi i'r wyneb.

'Aaaa!'

'Yyyy!'

Ceisiodd y ddau gael eu gwynt atynt wrth i'w pennau fynd i fyny ac i lawr.

''Dan ni wedi gwneud hi!' meddai Ben.

'A dyw'r *Frenhines* ... sef myfi ... ddim wedi teimlo mor fyw yn ei bywyd!' gwaeddodd y *Frenhines*.

Bellach, roedd hi'n hwyr yn y nos a doedd dim cychod ar y Tafwys. Heblaw un. Cwch modur yr heddlu a oedd yn gyrru'n gyflym tuag atynt.

A'i injan yn **RHUO!**

Bownsiodd y cwch i fyny ac i lawr ar y tonnau, a'r seiren yn canu'n uchel.

BWMFF! BWMFF! BWMFF!

WY-HY! WY-HY! WY-HY! WY-HY!

Gwibiodd y cwch mor gyflym nes oedd hi'n amhosib i Ben a'r *Frenhines* ddianc.

'Mae hi wedi canu arnon ni!' gwaeddodd Ben.

'Beth am guddio o dan y dŵr,' awgrymodd y *Frenhines*.

'Ond gallai'r cwch ein taro!'

'Ti'n llygad dy le! Mae hi wedi canu arnon ni! Oni bai ... '

'Oni bai am beth!'

'Wel, gallaf guddio tu ôl i ti, tra bo ti'n cadw dy ben i lawr.'

'Cadw 'mhen i lawr?'

'Ie. Efallai byddan nhw'n meddwl mai sbwriel wyt ti!'

'Mae hynny'n bosib.'

Fel mae'n digwydd, aeth pethau'n well na hynny. Pan oedd y cwch modur reit wrth eu hymyl, gwaeddodd un o'r plismyn, 'MYNYDD IÂ!'

Sgrechiodd pob un o'r heddweision oedd ar ei bwrdd.

'AAA!'

'NAAAA!'

'COFIWCH Y *TITANIC*!'

'UWCH-SWYDDOGION YN GYNTAF!'

'DOES DIM BAD ACHUB!'

Gwyrodd y cwch modur i ffwrdd yn ddramatig oddi wrth y 'mynydd iâ', a diflannu ar frys y ffordd arall.

RHUO!

'Roedd hynna'n lwcus!' meddai'r *Frenhines*.

'Ro'n i'n amau y byddai'r wisg wirion wnaeth Mam i mi'n ddefnyddiol rhywbryd,' meddai Ben.

Nofiodd y ddau gyda'i gilydd ar draw Afon Tafwys cyn llwyddo i lusgo eu hunain o'r afon ar yr ochr arall. Heb yngan gair, edrychodd Ben a'r *Frenhines* yn ôl ar Dŵr Llundain. Roedd y castell yn fwrlwm o weithgaredd. Hedfanai hofrenydd yr heddlu uwchben yr adeilad, yn fwrlwm o chwiloleuadau a seirenau.

WHIRRRR!

Cyrhaeddodd mwy a mwy o geir heddlu, gyda'i seirenau'n bloeddio.

WY-HY! WY-HY! WY-HY! WY-HY!

'Ble awn ni nawr?' gofynnodd Ben.

'Rhaid i mi ddychwelyd i Balas Buckingham,' atebodd y *Frenhines*.

'Pam?'

'Dyna ble mae *Coron yr Archddderwydd* a **CHWPAN Y BYD** wedi eu cuddio.'

'Ble yn y Palas?'

'Dan fy ngwely.'

'Fydda i byth yn cuddio dim dan fy ngwely!' meddai Ben. 'Dyna'r lle cyntaf byddai Mam a Dad yn chwilio!'

'Ond rhaid iti gofio mai'r *Frenhines* ydw i! Does neb yn edrych dan fy ngwely heb ganiatâd.'

'Mae hynny'n gwneud synnwyr. Ond mae Palas Buckingham yr ochr arall i Lundain! Sut awn ni yno?'

'Oes gen ti arian ?' gofynnodd y *Frenhines*.

'Dim un geiniog goch y delyn.'

'Na finnau. Ond, wedi dweud hynny, myfi yw'r *Frenhines*, a dyw'r *Frenhines* byth yn cario arian!'

'Er bod eich llun ar bob ceiniog a phapur?'

'Am yr UNION reswm hynny!'

'Oes gennych docyn bws?'

'Nag oes,' atebodd y *Frenhines*. 'Er 'mod i'n ddigon hen i gael un yn rhad ac am ddim. Rwyf i ... y *Frenhines* ... wedi dyheu ers blynyddoedd am gael taith ar fws. Ydy o'n brofiad mor bleserus ag mae o'n edrych?'

'Nac'di! Tydi o ddim yn brofiad pleserus o gwbl! Bws ydy o!'

'O! Felly dyw'r *Frenhines* ddim wedi colli profiad gwerth chweil?'

'Ddim o gwbl! Beth am gychwyn cerdded?'

'O'r gorau! Awn i ddim dros y ffordd heb groesi, fel maen nhw'n dweud!' meddai'r *Frenhines*.

Fodd bynnag, wrth iddynt gychwyn, stopiodd car heddlu reit o'u blaenau.

WY-HY! WY-HY! WY-HY! WY-HY!

BRÊÊÊÊÊC!

'O, DAMIA DDIAWL!' rhegodd y *Frenhines*.

29

Fel pe bai'r sefyllfa ddim yn gallu bod yn waeth, pwy ddaeth allan o'r car ond siâp corff digamsyniol PLISMON PLONC!

'Wel, wel, wel, pwy sydd gynnon ni'n fan hyn, dywedwch?' meddai'n hunanbwysig, wrth gamu i gyfeiriad y pâr anlwcus.

Ceisiodd Ben gadw ei ben i lawr rhag iddo gael ei adnabod gan yr heddwas. Yn y cyfamser, gosododd y *Frenhines* ei hun wrth ymyl gwisg gardbord Ben, a oedd yn wlyb socian ac yn graddol ddisgyn yn ddarnau. Edrychodd y ddau'n euog, gan blannu amheuaeth yn mhen gwag Plismon Plonc.

'Wel, pwy fydda'n meddwl! Benjamin Williams! Rydan ni'n cyfarfod eto!

'O, helô, Plismon Plonc!' atebodd y bachgen. 'Hyfryd iawn eich cyfarfod chi eto,' meddai'r celwyddgi.

'Aros di nes bydd dy fam yn cael clywed am hyn! Allan yn hwyr, yn galifantian ym mherfeddion nos. Ti fod adre yn y tŷ!'

'Mi ro'n i! Ond cytunais i fod yn bartner dawnsio iddi yn Neuadd Albert.'

'Do. Mi glywais am hynny ar radio'r heddlu heno,' meddai Plonc, gan edrych yn feirniadol ar y bachgen.

'Ydw i mewn caca?' gofynnodd Ben.

'Ti mewn tomen **anferth** o gaca!'

'Wps!' meddai Ben.

'Wps yn wir! A pwy yw hon sydd efo ti?'

'O, dim ond hen forwyn fach o ryw stryd gefn yn Llundain! Peidiwch â chymryd dim sylw ohona i,' atebodd y Frenhines, mewn acen Cocni* gref er mwyn ... wel ... swnio'n annhebyg iawn i'r Frenhines!

'Mae'r llais yna'n gyfarwydd!' meddai Plonc. Gwthiodd y bachgen i'r naill ochr er mwyn cael gwell cipolwg ar y wraig. 'Eich Mawrhydi!' meddai, yn anghywir, cyn mynd ar ei bengliniau wrth ei thraed.

---

*Cocni (Cockney) yw'r enw a roddir ar frodorion dwyrain Llundain. Mae gan y Cocni acen a geirfa unigryw.

'O, does dim angen ymgreinio!' meddai'r *Frenhines* yn siarp. 'Nid yw'r *Frenhines*, sef myfi, yn rhy hoff o grafwyr tin!'

Ceisiodd Plonc godi ar ei draed, ond methodd. Nid oedd ei hen goesau'n debygol o redeg marathon*!

'A fyddwch mor garedig â'm codi i fyny?' erfyniodd.

Codwyd y plismon ar ei draed simsan gan y *Frenhines* a Ben.

'Dyna welliant,' meddai. 'Nawr, eich Mawrhodori, dywedwch wrtha i, ydy'r bachgen hwn yn eich hambygio chi? Byddwn yn barod iawn i'w arestio a'i roi yn y carchar am byth!'

**Mae marathon ychydig dros chwe milltir ar hugain o hyd.*

'Na, na! Sdim angen gwneud dim felly. A dweud y gwir, dyma'r bachgen a achubodd fi rhag boddi!'

'Fi?' gofynnodd Ben.

'Ia. Ti!'

'O, ia! Fi oedd hwnnw!' cytunodd Ben.

'O! Alla i weld eich bod yn wlyb hyd at eich croen!' meddai Plonc. 'Dyma chi, Eich Mawrhodori! Gwisgwch fy siaced!'

Tynnodd ei siaced a'i gosod ar ysgwyddau'r *Frenhines*.

'O! Chwarae teg i chi!' meddai'r *Frenhines*.

'Ond sut wnaeth y bachgen hwn eich achub?' gofynnodd Plonc.

'Ia. Cwestiwn da. Sut wnes i eich achub?' gofynnodd Ben.

Edrychodd y *Frenhines* braidd yn ffwndrus. 'Wel ... mi wnes i ... yyy ... ddisgyn i'r afon.'

'Disgyn i'r afon, Eich Mawrhodori?!' gwaeddodd Plonc, wedi ei synnu.

'*Mawrhydi*' ydy'r gair,' cywirodd Ben. 'Nid *Mawrhodori*!'

'Ia. Hwn yw'r bachgen,' meddai'r *Frenhines*. 'Roedd y

Frenhines ... sef myfi ... ar fy ffordd adref o'r gystadleuaeth ddawnsio yn Neuadd Albert, pan ofynnais i fy ngyrrwr stopio'r car er mwyn prynu ... yyy ... '

'*Cebab*?' awgrymodd Ben.

'Ia. Da iawn ti am gofio!' cytunodd y *Frenhines*.

'*Cebab*?' gofynnodd Plonc, wedi synnu cymaint bu bron iddo ddisgyn ar ei ben-ôl mawr.

'Ia! *Cebab*!' atebodd Ei Mawrhodori (!) 'Ac roedd y *Frenhines*, sef myfi, yn dymuno eistedd ar lan yr afon yn bwyta *cebab*.'

'Doedd y gyrrwr ddim yn fodlon iddi ei fwyta yn y Rôls Rois,' ychwanegodd Ben.

'Yn hollol!'

'Mae Mam a Dad yn fy nhrin yn union yr un fath!'

'A finnau!' meddai Plonc, yn drist.

'Ac felly, pan aeth y *Frenhines*, sef myfi, am dro ar hyd yr afon, baglais a syrthiais i mewn. **SPLASH!** Ac wedyn, trwy lwc, cerddodd y bachgen heibio – wedi er wisgo fel mynydd iâ – a neidiodd i mewn a'm hachub!'

Pensynnodd Plonc am ennyd.

'Beth ddigwyddodd i'r *cebab*?'

'Ceisiais fy ngorau i'w achub,' meddai Ben, 'ond mae gen i ofn ei fod wedi boddi.'

'Cafodd ei gladdu yn y môr ... wel ... yn yr afon,' cytunodd y *Frenhines*, gan ffug-saliwtio er cof am y *cebab* a suddodd i waelod y Tafwys.

'Trist iawn,' meddai Plonc, fel pe bai ei fwji newydd farw. 'Af ati i sicrhau bod ymchwiliadau'r heddlu am yr hyn wnaeth y bachgen yn Neuadd Albert yn gynharach heno'n dod i ben ar unwaith.'

'O, diolch yn fawr i chi, Cwnstabl Plonc,' meddai Ben.

'A gadewch i mi gael y fraint, Eich Mawrhodori, o brynu *cebab* arall i chi. Byddai'n anrhydedd!'

'Rydych mor garedig!' meddai'r *Frenhines*.

'O, ddim o gwbl! Dwi'n mynnu cael prynu, Eich Mawrhodori! A bod yn onest, dwi bron â llwgu fy hun. Gallwn fwyta'r cebab mwyaf yn y siop!'

'A finnau,' meddai Ben.

'Wel, llai o fân siarad, a ffwrdd â ni, 'te!' cyhoeddodd y *Frenhines*. 'Does dim amser i'w wastraffu! I'r *Siop Cebab*!'

!

30

Yn y nos, yng nghefn y car heddlu, profwyd ras gyffrous trwy Lundain. Er mwyn diddanu Ben a'r *Frenhines*, meddyliodd Plismon Plonc y byddai'r ddau'n mwynhau clywed y seiren a gweld y goleuadau glas yn fflachio.

WY-HY! WY-HY! WY-HY! WY-HY!

Doedd prynu *cebab* yn hwyr yn y nos ddim yn cael ei ystyried yn fater brys, ond gyda'r *Frenhines* yn eistedd yn y sedd gefn, penderfynodd Plismon Plonc dynnu sylw ato'i hun.

'Dwi wedi prynu *cebab* doner gyda saws tsili i chi, Eich Mawrhodori,' cyhoeddodd Plonc o'r sedd flaen, cyn pasio'r bag bwyd i'r cefn. Llanwyd y car ar unwaith gan arogl hyfryd y bwyd.

'Diolch yn fawr, meidrolyn cyffredin,' meddai'r *Frenhines*. 'Ond rydych wedi anghofio'r gyllell a fforc arian.'

'Y beth?' gofynnodd yr heddwas.

'A'r llestri porslen!'

'Tydach chi ddim i fod i fwyta *cebab doner* ar blât gyda chylllell a fforc, Eich Mawrhydi,' meddai Ben, gan ddadlapio ei gebab.

'Dewcs! Felly sut mae rhywun i *fod* i fwyta *cebab*?'

'Gyda'ch dwylo!'

'O! Y fath hwyl!' meddai'r *Frenhines*, yn blentynnaidd, cyn plannu ei dannedd yn y bwyd a chwistrellu saws tsili dros wyneb Plonc.

TSILI!

IYCH!

Chwarddodd Ben yn uchel. 'HA! HA! HA!'

'Wps!' meddai'r wraig freintiedig. 'Dwi'n meddwl bod tamed bach o saws ar eich wyneb!'

'Peidiwch â phoeni, Eich Mawrhodori, mi wnaf ei fwyta nes ymlaen!' atebodd Plonc. 'Gyda llaw, dwi'n meddwl mai syniad da oedd aros yn y car. Roedd gan berchennog y siop *cebab* lun ohonoch ar y wal.'

'W! Chwarae teg iddo! Rhaid imi fynd yno eto!' meddai, gan geisio'i gorau i ddarllen yr arwydd. 'ABA CEBABARA! Enw hawdd i'w gofio. Mi ffoniaf ABA CEBABARA i weld a allen nhw goginio'r bwyd ar gyfer y briodas frenhinol nesaf! Mae SAWL un o'r rheini wedi bod yn y gorffennol!'

'Ble awn ni nesaf, Eich Mawrhodori?' gofynnodd Plonc, gan lyfu'r saws tsili oddi ar ei wyneb.

'Wel, all y *Frenhines* ... sef myfi ... ddim dychwelyd i Balas Buckingham yn edrych fel anifail anwes!' meddai, gan gyfeirio at ei gwisg **Y Gath Ddu** wlyb, a oedd bellach â darnau o gig oen, tomato, letys, bresych, nionyn, ciwcymbr ac, wrth gwrs, saws tsili drosti. 'Beth fyddai'r bwtler yn ei ddweud?'

'Felly, lle awn ni?' gofynnodd Ben.

'Ydy hi'n bosib i mi, y *Frenhines*, fynd yn ôl i dŷ dy rieni i newid fy nillad?' gofynnodd y *Frenhines* iddo.

'Na! Na! Na!" atebodd. 'Mi fydd Mam a Dad yn lloerig efo fi am ddifetha'r ddawns!'

'Ond maen nhw'n siŵr o fod yn poeni amdanat,' atebodd hithau.

'Dach chi ddim yn adnabod Mam a Dad. Yr unig beth maen nhw'n boeni amdano ydy dawnsio.'

'O, dwi'n gweld. Wel, lle allwn ni fynd, 'te?' gofynnodd y *Frenhines*.

'Tydi Mam ddim yn fodlon i mi ddod â phobl i'r tŷ,' meddai Plonc. 'Cawsom barti unwaith, ac mi fyton ni bopeth oedd yn y rhewgell.'

'Faint o bobl oedd yno?' gofynnodd y *Frenhines*.

'Dim ond dau. Fi a Plismones Cacen.'

'O.'

'Mae hi'n hoff iawn o lenwi ei bol. Ceisiodd fwyta gyw iâr cyfa' hefyd, a hwnnw wedi rhewi'n gorn!'

'Wn i pwy all ein helpu ni!,' meddai Ben.

'Pwy?' gofynnodd Plonc.

'Ia, pwy wyt ti'n ei adnabod?' gofynnodd y *Frenhines*.

Gwenodd Ben. 'Eich Mawrhydi, ydach chi wedi clywed am rywle o'r enw Siop Huw?"

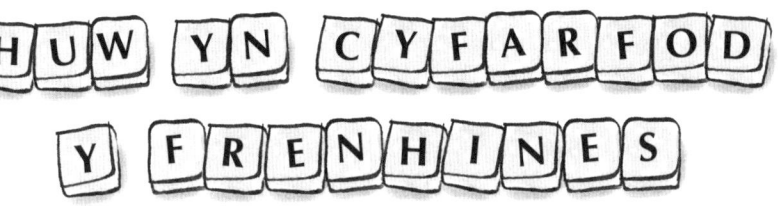

31

HUW YN CYFARFOD Y FRENHINES

BRWWWM!

WY-HY! WY-HY! WY-HY! WY-HY!

Gwibiodd Ben, Plismon Plonc a'r *Frenhines* ar draws Llundain ar gyflymder aruthrol.

Yr hyn sy'n wych am deithio mewn car heddlu yw bod pob un cerbyd arall ar y ffordd yn symud i'r naill ochr. Mae modd ...

gyrru trwy'r goleuadau traffig ...

cymryd llwybr tarw ar draws y parc ...

mynd i fyny stryd unffordd y ffordd anghywir ...

pasio pawb ...

gyrru'n gyflym rownd corneli tyn ...

gyrru ar yr ochr anghwir ...

 gyrru'n gyflym trwy ardaloedd prysur ...

chewch chi ddim dirwy am oryrru ...

a dach chi'n edrych yn WIRIONEDDOL CŴL!

Doedd Ben a'r *Frenhines* prin wedi gorffen eu cebabs pan gyrhaeddodd y car heddlu tu allan i Siop Huw.

STOP!

Bellach, roedd darnau o *gebab* ar y llawr, y seddi, y nenfwd, y ffenestri ac ar bawb oedd yn y car.

Yn waeth na hynny, roedd wynebau pawb wedi troi'n wyrdd. Bu'r daith yn fwy gwyllt nag un ar ffigar-êt yn y ffair, ac yn ddigon â gwneud i rywun gyfogi. Pan agorodd Plonc ddrws y car, rowliodd Ben a'r *Frenhines* allan ohono. Bu rhaid i'r ddau gadw y naill a'r llall ar eu traed wrth gerdded i gyfeiriad y siop.

'Arhosaf wrth ymyl y car, Eich Mawrhodori,' meddai Plonc. 'Dwi am geisio glanhau y llanast *cebab* ... gyda fy ngheg.'

Bellach, roedd hi'n ganol nos, a gwyddai Ben y byddai Huw siŵr o fod yn ei wely. Felly, galwodd i gyfeiriad ffenest y fflat uwchben y siop.

'Huw! HUW!'

Ond doedd dim ateb.

'HUW! HUW! DEFFRWCH!'

Tra oedd o'n galw ar Huw, cododd y *Frenhines* garreg oddi ar y llawr.

'Dylia hyn wneud y tric!' meddai, gan daflu'r garreg at y ffenest.

CRAC!

'Wps!' meddai'r *Frenhines*.

Daeth Huw i'r ffenest yn syth yn ei byjamas Mistar Urdd.

'Pwy daflodd honna?' mynnodd, gan swnio'n debyg iawn i brifathro. 'Ben? Ti daflodd hi?'

'Naci.'

'Felly pwy daflodd hi?'

Bu ennyd o dawelwch.

'Dwi'n gofyn unwaith eto. Pwy daflodd y garreg?'

Ar ôl ennyd o saib, cododd y *Frenhines* ei llaw. 'Myfi a daflodd y garreg!'

'O, MYFI daflodd hi, ie?! A chi yw MYFI?'

Nodiodd y *Frenhines*.

'Pwy ddiawl dach chi'n feddwl ydach chi?' meddai Huw yn siarp, gan edrych i lawr ar y ddau.

'Huw, dyma *Ei Mawrhydi, Y Frenhines*!' atebodd Ben.

'O, ie, wrth gwrs! A fi yw Owain Glyndŵr*!' galwodd Huw. 'Peidiwch â symud modfedd o fan'na!'

Cyn i rywun ddweud 'Trôns Taid', roedd Huw wedi agor drws y siop a gwthio'r pâr i mewn.

'Dwi ddim eisiau i chi ddeffro'r cymdogion!' meddai.

'Yr wyf yn ymddiheuro o waelod fy nghalon freintiedig am dorri eich ffenest gyda'm carreg,' cyhoeddodd y *Frenhines*, yn ei Chymraeg mwyaf crand, llenyddol.

'O, ie? A pwy yn *union* ydach chi?' mynnodd Huw.

'Myfi yw'r *Frenhines*!' meddai'n drahaus.

'Tynnu coes yw hyn, ia? Mae'n siŵr mai rhywun o'r telibocs ydach chi, dyn wedi ei guddwisgo fel dynes! I gychwyn, gadewch i mi dynnu'r trwyn ffug oddi ar eich wyneb!' meddai Huw.

'Huw! PEIDIWCH,' erfyniodd Ben, gan dynnu ei ffrind i'r naill ochr. 'Dwi'n gwybod bod hyn yn swnio'n gwbl hurt, ond hi yw'r *Frenhines* GO IAWN!'

Sylweddolodd Huw ei fod wedi gwneud camgymeriad

---

*Ganwyd Owain Glyndŵr yn Sycharth tua 1359. Sefydlodd y Senedd gyntaf ym Machynlleth, a bu'n brwydro yn erbyn y Saeson wrth geisio sefydlu annibyniaeth i Gymru.

dybryd, a daeth ofn ac edifeirwch i'w lygaid. 'O, mae'n ddrwg iawn, iawn, iawn, IAWN gen i, *Eich Mawrhydi Mwyaf Brenhinol*!' Aeth ar ei bengliniau. 'Plis, peidiwch â fy nghloi yn y Tŵr am eich bradychu!'

'O, dyw'n teulu ni heb wneud hynny ers blynyddoedd!' meddai'r *Frenhines*, gan grychu ei gwefusau. 'Er, wedi meddwl, gallwn eich carcharu yno pe bawn yn dymuno. Nawr, codwch ar eich traed, os gwelwch yn dda!'

'Oes unrhyw siawns o gael fy urddo'n farchog tra 'mod i ar fy mhengliniau o'ch blaen?' gofynnodd Huw yn hy, cyn estyn darn hir o india-roc iddi er mwyn ei ddefnyddio fel cleddyf.

'Ar eich traed,' mynnodd y *Frenhines*.

Syllodd y siopwr arni. 'Mae edrych arnach yn fy atgoffa 'mod i angen prynu stampiau!'

Ochneidiodd y *Frenhines* yn rhwystredig cyn edrych ar Ben. Cododd y bachgen ei ysgwyddau mewn anobaith.

'Alla i gynnig bargen i chi, *Eich Mawrhydi Mwyaf Brenhinol*?' meddai Huw. 'Gewch chi ddau ar bymtheg o fferins melys am bris un ar bymtheg?

Ac mi gewch ddarn bach o siocled wedi llwydo yn y fargen hefyd.'

'Tydi hwn ddim hanner call!' oedd barn y *Frenhines*.

'Dyna pam mae pawb yn ei hoffi,' meddai Ben. 'Nawr, gwrandwch, Huw, mae'r *Frenhines* angen eich help.'

Saliwtiodd Huw. 'Mae Huw, perchennog y sefydliad byd-enwog SIOP HUW, yma ac ar gael i'ch gwasanaethu, *Eich Mawrhydi Mwyaf Brenhinol!*'

TASG DRA CHYFRINACHOL

Yn ddi-oed, aeth Huw i chwilio am ddillad sych i Ben a'r *Frenhines*. Fodd bynnag, yr unig rai ar gael oedd gwisgoedd ffansi Nos Galan oedd ddim wedi eu gwerthu.

'Mi wneith hon eich ffitio chi, *Eich Mawrhydi Mwyaf Brenhinol*,' meddai Huw, gan gynnig gwisg cimwch iddi.

'O! Dwi ddim wedi gwisgo gwisg CIMWCH erioed o'r blaen. Ond yw hyn yn hwyl!' meddai, gan gydio yn y wisg a mynd i newid tu ôl i'r carwsél cardiau.

Nesaf, dewisiodd Huw wisg tywysoges. Cyn iddo yngan gair o'i ben, dywedodd Ben yn siarp, 'NA!'

'Beth ti'n feddwl 'na'?' gofynnodd Huw.

'Mae 'na' yn golygu 'na'! Na, na, na, byth bythoedd, tra bod eira'n wyn, tydw i ddim am wisgo fel tywysoges!'

'Ond mi fyddi'n edrych mor hardd!' ymbiliodd Huw.

'NA!'

'Wel, mae'r gwisgoedd cimwch yn rhy fawr iti.'

Ailymddangosodd y *Frenhines*, wedi ei gwisgo fel cimwch.

'O, mae coch yn eich siwtio chi'n berffaith!' meddai Huw.

'O, diolch yn fawr, Mr Huw. Nawr, dere ymlaen, Ben. Alli di ddim aros yn y dillad gwlyb 'na – dal annwyd wnei di!'

'Ond — '

'Does dim 'ond' amdani, Benjamin! Gwisga hi! Dyna orchymyn gan dy *Frenhines*!'

Rhegodd Ben yn dawel dan ei wynt, cyn diflannu tu ôl i'r carwsél cardiau. Funud yn ddiweddarach,

ailymddangosodd, gan edrych yn chwithig. Roedd wedi ei wisgo fel tywysoges, un a golwg bwdlyd arni.

'Ti'n cofio fi'n dweud y byddet ti'n edrych yn dda fel tywysoges?' meddai Huw.

'Sut allwn i anghofio?!'

'Wel, ro'n i'n anghywir.'

Yna, gyda bendith y *Frenhines*, dywedodd Ben yr holl hanes wrth Huw. Dywedwyd wrtho am gadw'r stori'n gyfrinachol ac i dyngu llw – ac fe wnaeth – gydag un llaw ar ei galon a chopi o GOLWG* yn ei law arall.

Nawr, roedd angen ei gymorth i roi **CWPAN Y BYD** a *Choron yr Archdderwydd* yn ôl yn eu llefydd priodol.

'Rhaid i ni fynd yn fy nghar tair olwyn, sef *TAID*,' meddai Huw.

**Sefydlwyd y cylchgrawn GOLWG yn 1988. Hwn yw cylchgrawn wythnosol mwyaf poblogaidd Cymru.*

'Www! Ydy o'n gar cyflym?' gofynnodd y Frenhines, yn eiddgar.

'Nac'di!' atebodd Ben. 'Mae o mor gyflym â malwen mewn uwd. Byddai'n gyflymach dal bws, neu gerdded!' Syllodd trwy'r ffenest a gwelodd Plonc yn llyfu'r ffenest flaen gyda'i dafod. 'Wn i be newn ni,' meddai. 'Gallwn fenthyg car yr heddlu!'

'Chawn ni fyth ganiatâd gan Plonc,' atebodd y Frenhines. 'A does fiw iddo gael gwybod y gwir.'

'Rhaid bod rhyw ffordd o'i berswadio,' meddai Ben.

Ar ôl i'r Frenhines ei alw i mewn i siop Huw, derbyniodd Plonc ei orchmynion. 'Nawr 'te, Plismon Plonc,' meddai, 'fel gwas ufudd a ffyddlon i'r Goron, rwyf i ... eich Brenhines ... eisiau i chi gwblhau tasg dra chyfrinachol.'

Goleuodd llygaid y plismon fel rhai ffair Porthcawl. 'Fy enw canol yw 'perygl', Eich Mawrodori!'

'Dyna yw eich enw canol?' gofynnodd Huw.

'Naci, 'Anwen' ydy o! Roedd Mam wastad eisiau merch.'

'Anwen Plonc. Tydi'r enw ddim yn taro deuddeg am ryw reswm!' meddai Ben.

'Llai o rwdlian, gyfeillion!' meddai'r *Frenhines*. 'Plonc, rwyf eisiau i chi aros yn y siop ac amddiffyn yr holl fferins a siocledi. A hynny gyda'ch bywyd! Ydych chi'n fy neall i?'

Edrychodd y plismon o'i gwmpas ar yr holl ddanteithion yn Siop Huw. I rywun gyda dant melys, teimlai fel plentyn ar fore Nadolig.

'Yn eich deall yn iawn. Yn glir fel crisial. Ac os bydda i'n llwglyd, oes gen i hawl i fwyta rhywfaint ohonyn nhw?'

'NAG OES!' meddai Huw, yn flin.

'OES!' atebodd hithau. 'Myfi yw'r *Frenhines*, Mr Huw, a fi sydd yn penderfynu pwy sydd yn cael gwneud beth, a pham. O fewn rheswm, wrth gwrs, Mr Plonc. Peidiwch â mynd dros ben llestri.'

'O, af i ddim dros ben llestri, *Eich Mawrododri*,' addawodd Plonc, gan gydio mewn bag mawr o falws melys.

Sgyrnygodd Huw fel ci yn gwarchod ei asgwrn. 'GRRRR!'

'Gwych! Nawr, dwi angen allweddi eich car!' meddai'r *Frenhines*, gan estyn ei llaw yn ddisgwylgar.

'Allweddi fy nghar?' atebodd yr heddwas, a'i geg yn llawn o falws melys.

'Ia. Dowch â nhw i mi!'

'Mae'n ddrwg iawn gen i, *Eich Mawrododri*, ond does gen i ddim hawl i roi allweddi fy nghar i neb!'

'Rhowch nhw i mi ar unwaith!'

'Ond alla i ddim!'

'Huw!' meddai'r *Frenhines*. 'Cymrwch y malws melys oddi arno!'

Wrth i'r gwerthwr papurau newydd geisio cymryd y malws melys, estynnodd Plonc allweddi ei gar o'i boced.

'Diolch yn dalpe!' meddai'r *Frenhines*, wrth iddi gydio'r allweddi o'i law a brasgamu allan o'r siop.

DING!

Eisteddodd y *Frenhines* yn sedd y gyrrwr, ac aeth Huw a Ben i'r sedd tu ôl. Taniodd yr injan, a'i refio.

BRWM! BRWM!

Edrychodd Plonc trwy ffenest siop Huw, â'i law yn ddwfn yn y jar toffis.

'Nid fy nhoffis!' gwaeddodd Huw.

Edrychodd Ben trwy'r ffenest ôl. Am ennyd, meddyliodd yn siŵr ei fod wedi gweld het fach gyfarwydd yn nythu yn y gwrych.

Na ...

Roedd hi'n hwyr.

Dylai Ben fod yn ei wely oriau yn ôl.

Rhaid bod ei ddychymyg yn chwarae triciau ag o.

'Reit. Dyna ddigon o falu awyr am doffis!' cyhoeddodd y *Frenhines*. 'Beth am weld pa mor gyflym mae'r roced yma'n gallu mynd!'

Ar hynny, pwysodd ei throed yn galed ar y sbardun.

STOMP!

Gwibiodd y car heddlu i'r nos, ac i ganol antur newydd.

BRRRRRWM!

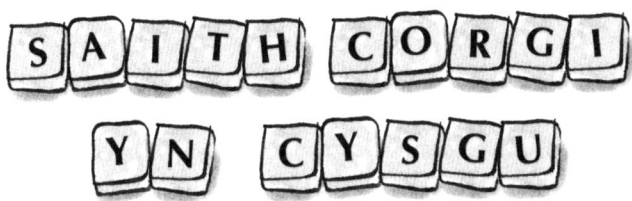

33

SAITH CORGI YN CYSGU

O gofio ei bod hi'n hen wraig, roedd y *Frenhines* yn yrrwraig eithriadol o gyflym. Ymhen dim, stopiodd y car o flaen gatiau Palas Buckingham.

BRÊÊÊÊC!

Cnociodd un o Warchodwyr y *Frenhines* yn ysgafn ar y ffenest, a gofynnodd, 'Gaf i weld eich cerdyn adnabod, os gwelwch yn dda?'

'Hwn yw fy ngherdyn adnabod!' atebodd y *Frenhines*, gan bwyntio at ei hwyneb.

'*Eich Mawrhydi*!' meddai, gan foesymgrymu. 'Maddeuwch imi! Wnes i ddim eich adnabod!'

'Cawsoch faddeuant!'

'Mae pawb wedi bod yn pryderu amdanoch, yn poeni lle'r oeddech chi.'

'Pryderu? Twt lol!'

'Galwaf yr heddlu i ddweud eich bod adref yn saff.'

'Gwnewch hynny.'

'Roeddan ni'n eich disgwyl adref oriau yn ôl.'

'Mae eglurhad syml am hynny,' atebodd y *Frenhines*.

'A beth yw hwnnw, Eich Mawrhydi?'

'Penderfynais alw mewn siop *cebab*!'

Roedd wyneb y gwarchodwr yn bictiwr. '*Ce–ce–cebab, Eich Mawrhydi?*' meddai, gan dagu ar ei eiriau.

'Ie. *Doner cebab*. Ac mi'r oedd o'n flasusiymi-iymi*!'

'O. Falch eich bod wedi ei fwynhau. A gaf i ofyn pam dach chi wedi gwisgo fel cimwch, *Eich Mawrhydi*?'

'Ffordd syml o geisio osgoi sylw! AGORWCH Y GATIAU!'

Agorwyd y gatiau a gyrrodd y car i mewn i'r libart.

'Waw! Mae bod yn *Frenhines* yn cŵl!' meddai Ben.

---

*Nid yw hwn yng Ngeiriadur yr Academi. Yr addasydd fathodd yr enw.

'O bryd i'w gilydd!' atebodd y wraig.

'Sut alla i wneud cais am y swydd?' gofynnodd Huw.

Gwenodd y *Frenhines* cyn stopio'r car tu allan i brif fynedfa Palas Buckingham. Erbyn hyn, roedd hi'n oriau mân y bore, a doedd fawr neb o gwmpas heblaw am ambell filwr a oedd yn gwarchod yr adeilad. A diolch byth am hynny, oblegid byddai'n anodd iawn egluro pam yr oedd y *Frenhines* yn cyrraedd adref o Neuadd Albert mor hwyr, wedi gwisgo fel cimwch, ac yn gyrru car heddlu.

'BRYSIWCH! Beth am nôl y goron a'r cwpan a diflannu o'ma!' sibrydodd.

'Ydy hi'n bosib mynd ar daith dywys?' gofynnodd Huw.

'Dim heno!' meddai'r *Frenhines*, braidd yn flin.

Arweiniodd y ddau i mewn i un o adeiladau enwocaf y byd. Yn dair canrif oed, bu'r palas yn gartref i'r teulu brenhinol ers i'r Frenhines Fictoria ddod i'r orsedd yn 1837. Roedd yn adeilad godidog tu mewn, fel y byddai rhywun yn ei ddisgwyl.

Peintiadau olew yn addurno'r waliau

Papur wal addurnedig

Llenni melfed

Lleoedd tân marmor

Ornaments aur

**Cerfluniau
efydd**

**Dodrefn hen
ffasiwn**

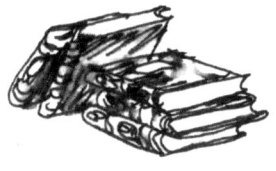

**Llyfrau â
rhwymiadau lledr**

**Blew corgwn ym
mhobman**

Carpedi sidan

'Ro'n i'n amau y byddai'n lle crand,' meddai Ben, ei lygaid fel lleuadau llawn yn ei ben, 'ond doeddwn i ddim yn disgwyl iddo fod mor grand â hyn! Mae'r lle yn **grandastig*!'**

'Wel, diolch yn fawr am dy eiriau caredig!'

'Ond mae'n rhaid ei bod hi'n cymryd misoedd i hwfro,' ychwanegodd Huw.

'**Ust!** Tydan ni ddim eisiau deffro neb!'

Aeth y tri ar flaenau eu traed ar hyd y coridorau hir, i fyny grisiau llydan ac i ystafell wely'r *Frenhines*. Roedd hi'n ystafell hynod o grand ... yn **grandastig!**

Nid oedd yr ystafell wedi newid ers degawdau. Roedd bwrdd ymbincio gyda bocs tlysau hen ffasiwn, lledr arno. Gwelwyd lluniau du a gwyn mewn fframiau arian wedi eu gosod yn dwt ar y shilffoedd. Fodd bynnag, canolbwynt yr ystafell oedd gwely pedwar postyn pren urddasol, a phlanced sidan lliw hufen arno.

Ar ei gwely, cyfrodd Ben nid un, na dau, na thri, na phedwar, na phump, na chwech, ond saith corgi!

Roeddynt yn chwyrnu ac yn rhechu, fel mae cŵn yn dueddol o wneud.

---

*Nid yw hwn yng Ngeiriadur yr Academi chwaith. Cafodd ei fathu gan yr addasydd.

SSSS! PFFT! SSSS! PFFT!

PFFT! PFFT! PFFT!

'Peidiwch â deffro'r cŵn!' sibrydodd y *Frenhines*.

Cytunodd Ben a Huw i fod mor dawel â'r bedd.

'Os cewn nhw eu deffro, bydd y diawled bach yn cyfarth yn waeth na Chŵn Annwfn*!'

Caeodd y *Frenhines* y drws a'i gloi cyn pwyntio dan y gwely lle'r oedd wedi cuddio *Coron yr Archdderwydd* a **CHWPAN Y BYD**! Roedd hon am fod yn dasg anodd: tynnu'r trysorau o dan y gwely heb ddeffro'r corgwn!

Swniai fel gêm fwrdd neu reid mewn parc thema.

Ond nid gêm na reid oedd hyn.

Wel, ddim eto.

---

*Ceir hanes Cŵn Annwfn ym Mhedair Cainc y Mabinogi. Mae eu cyfarthiad uchel yn arwydd o farwolaeth.

Penliniodd y *Frenhines* yn araf, ac ystumio wrth y ddau arall i wneud yr un peth. Yna, cododd y flanced sidan.

Yn y tywyllwch, disgleiriai dau beth hynod o werthfawr. Estynnodd Ben a Huw eu breichiau dan y gwely, a thynnu allan **CWPAN Y BYD**. Gosodwyd y cwpan ar y mat sidan ar y llawr.

Gwenodd y *Frenhines*, a nodio'i phen.

Y cam neasaf oedd cael gafael ar *Coron yr Archdderwydd*. Yn bwyllog, llwyddwyd i'w thynnu allan o dan y gwely a'i gosod yn ofalus ar y mat, a hynny heb ddeffro'r meirw.

Yna, safodd y tri ar eu traed ac anadlu'n drwm.

PFFT!

Cafodd Ben a Huw eu dychryn gan y sŵn. Ysgydwodd y *Frenhines* ei phen. Doedd dim angen poeni – dim ond rhech corgi oedd hi. Dechreuodd eu llygaid ddyfrio. Roedd y rech hon yn FFIAIDDREWI*.

Edrychodd Ben a Huw ar ei gilydd yn ofnus. Roedd y rhech hon yn wironeddol FFIAIDD! Yn wir, roedd hi mor ddrewllyd, gallent dagu. Neu lewygu. Neu'r ddau!

---

*Nid yw hwn yng Ngeiriadur yr Academi chwaith. Cafodd ei fathu gan yr addasydd.

Roedd rhaid dianc o'r ystafell wely gyda'r trysorau, a hynny mor gyflym â phosib.

Cododd y *Frenhines* **CWPAN Y BYD** ac ystumio wrth Huw a Ben i gario *Coron yr Archdderwydd*. Fodd bynnag, pan blygodd Huw drosodd i afael yn y goron, clywyd yr un sŵn eto.

PFFT!

Gwridodd Huw hyd at ei glustiau. Edrychodd y *Frenhines* arno mewn ffieidd-dod. Nid rhech corgi oedd honna! Rhech Huw oedd hi!

Roedd hi mor uchel nes deffro'r saith corgi ar yr un pryd.

'IAP!' 'IAP!' 'IAP!' 'IAP!'
'IAP!' 'IAP!' 'IAP!'

'Sut maen nhw'n gallu cysgu pan maen *nhw'n* taro rhech, ond yn deffro pan *dwi'n* taro un?!' meddai Huw.

'UST! UST! UST!' meddai Ben, gan geisio cadw'r cŵn yn dawel. Ond po fwyaf yr oedd o'n dweud wrthyn nhw am fod yn dawel, po fwyaf oedd y cŵn y cyfarth.

'IAP!' 'IAP!' 'IAP!' 'IAP!'
'IAP!' 'IAP!' 'IAP!'

Erbyn hyn, roedd y cŵn wedi brathu gwaelod coes pyjamas Huw ac yn tynnu fel tynnwyr rhaff.

TYYYYYNNU!

'Maen nhw'n mynd i ddeffro'r meirw!' meddai'r Frenhines. 'Rhaid i ni ei heglu hi odd'ma! Yn gyflym!'

Cydiodd Ben yn y goron ac anelu am y drws, gyda'r corgwn yn dynn wrth ei sodlau.

'IAP!' 'IAP!' 'IAP!' 'IAP!'
'IAP!' 'IAP!' 'IAP!'

Wrth i'r tri gyrraedd y drws, clywyd cnocio o'r ochr arall.

CNOC! CNOC! CNOC!

'Esgusodwch fi, Eich Mawrhydi!' meddai llais crand. 'Bwtler y bwtler sydd yma. Ody popeth yn iawn?'

'Ydy, diolch, Bwtler!' galwodd y Frenhines.

'Ni wedi bod yn becso ymboutu chi. Clywsom ei bod hi'n siang-di-fang yn Neuadd Albert, a doedd neb yn gwybod lle'r o'ch chi.'

'Wel, dwi adref nawr! Diolch i chi am boeni amdanaf!'

'O, wy mor falch o glywed eich bod yn ddiogel, ond mae'n anarferol iawn i chi wneud shwd beth.'

'Penderfynais fynd i brynu *cebab*!'

'O. Wy'n gweld. Yyy ... ody hi'n iawn i fi ddod i mewn, *Eich Mawrhydi*? Credu imi glywed sŵn lleisiau funed yn ôl.'

'Rhaid i ni ffeindio ffordd arall o fynd allan!' sibrydodd y *Frenhines*.

'Mae'n ddrwg gen i, *Eich Mawrhydi*, wnes i ddim eich clywed yn iawn,' galwodd Bwtler.

'Mae popeth yn iawn, Bwtler!'

'Beth yw hwnnw? Ei enw, ynte ei swydd?' gofynnodd Ben.

'Y ddau. Ei enw a'i swydd. Haws cofio! Mae cymaint o bobl yn gweithio yma!'

'IAP!' 'IAP!' 'IAP!' 'IAP!' 'IAP!' 'IAP!' 'IAP!'

'Wy'n credu bod rhywbeth o'i le, *Eich Mawrhydi*,' meddai Bwtler y bwtler. 'Mae'n ddrwg gen i, ond wy'n gwybod hynny o glywed goslef eich llais. Agorwch y drws ar unweth, os gwelwch y dda!'

O'r ochr arall, ysgydwodd handlen y drws, a'i wthio gyda'i ysgwydd.

Aeth y *Frenhines* yn fud, cyn i Huw ddatrys y sefyllfa, gan efelychu ei llais.

'Mae popeth yn iawn, yn siort orau, Bwtler y bwtler bwtler!' galwodd.

Huw yn siarad fel y *Frenhines*; doedd dim yn swnio'n **fwy gwirion bost!**

Yna, dechreuodd y troseddwr ennyn atgasedd un o'r corgwn.

'GRRR!'

Neidiodd ar Huw a'i frathu yn ei ben-ôl.

BRATHU!

'AW-III!' gwaeddodd Huw, yn ei lais ei hun. 'FY NHIN I!'

'UST!' sibrydodd Ben.

Ond roedd Huw druan yn gwingo mewn poen.

'MAE FY NHIN I'N CAEL EI FWYTA'N FYW!'

'Wy'n mynd i ganu'r larwm, *Eich Mawrhydi!*' gwaeddodd Bwtler. 'Dof yn ôl mor glou â phosib gyda'r milwyr!'

Clywyd ei sŵn traed yn adleisio i lawr y coridor tu allan.

'Rhaid i ni ei heglu hi o'ma!' sibrydodd y *Frenhines*.

Datglodd ddrws ei hystafell wely a rhuthrodd y tri allan, yn cario'r trysorau, a gyda saith o gorgwn yn eu herlid.

'IAP!' 'IAP!' 'IAP!' 'IAP!'
'IAP!' 'IAP!' 'IAP!'

'Byddwch dawel!' sibrydodd y *Frenhines*, ond yn ofer. Cariodd y cŵn ymlaen i gyfarth ar y ddau ddieithryn, a phwy allai eu beio? Edrychai Ben a Huw fel lladron yn dwyn eiddo. Y broblem oedd bod y cŵn mor swnllyd. Roedd cyfarthiadau'r corgis yn mynd i ddatgelu wrth y milwyr lle'n union oedd y tri yn y palas.

O'u blaenau, yn eistedd ar siandelïer, roedd **Y Gath Ddu**.

'Oes gennych chi gath, *Eich Mawrhydi?*' gofynnodd Ben.

'Nag oes, wrth gwrs does gen i ddim cath! Byddai'r cŵn yn eu herlid ddydd a nos!'

'Felly pwy sydd berchen y gath sy'n siglo yn ôl ac ymlaen ar eich siandelïer?'

'Sut ddoth honna i mewn i'r palas?' gwaeddodd y *Frenhines*.

Wrth iddynt nesáu, dechreuodd y gath weiddi miaw, a thynnu sylw'r cŵn.

Stopiodd y corgwn yn eu hunfan, a daeth y cyfarth i ben. Gwell brathu a chnoi cath na throwsus pyjamas.

Yna – 'IAP!' 'IAP!' 'IAP!' 'IAP!' 'IAP!' 'IAP!'

'IAP!' – meddai'r corgwn, yn uwch nag o'r blaen.

Siglodd **Y Gath Ddu** ar y siandelïer gerfydd ei chynffon, cyn hisian yn fygythiol: 'HISS!'

'HHHMMMM!' meddai'r corgwn, yn gwynfanllyd. Aethant ymaith gyda'u cynffonnau rhwng eu traed. Yn llythrennol.

'Diolch!' gwaeddodd Ben ar y gath.

'Dwi ddim yn meddwl bod y gath yn dy ddeall,' meddai'r *Frenhines*.

'O, dwi'n meddwl ei bod hi'n deall pob gair!' atebodd.

Edrychodd y *Frenhines* yn ddryslyd, ond doedd Ben ddim yn barod i rannu ei gyfrinach. Llwyddodd **Y Gath Ddu** i'w amddiffyn sawl gwaith ers i Nana Crwca fynd i'w bedd, yn union fel Nana pan oedd ar dir y byw. Efallai bod ysbryd ... neu fwgan ... Nana Crwca rywsut wedi meddiannu'r gath?

34

Ymhen dim, roedd yr anturiaethwyr yn ôl yng nghar Plismon Plonc. Neidiodd y tri i mewn i'r cerbyd cyn i'r bwtler oedrannus a Gwarchodwyr y *Frenhines* gyrraedd ar frys.

BRWWWM!

Pwysodd y *Frenhines* ei throed ar y sbardun, ond nid cyn i'r bwtler dewr neidio ar fonet y car heddlu.

THYNC!

'STOPIWCH Y CAR, *Eich Mawrhydi*!' gwaeddodd, wrth iddynt yrru ar wib trwy'r libart.

Pwysodd y bwtler ei wyneb yn erbyn y ffenest flaen. Rhoddodd y *Frenhines* y sychwyr ffenestri ymlaen gyda'r gobaith o gael ei wared.

'NÔL YMLAEN 'NÔL YMLAEN

Ond gafaelodd y bwtler fel cranc.

'PEIDIWCH Â PHOENI AMDANA I,

Bwtler! Dwi'n mynd am jolihoet fach mewn car heddlu wedi ei ddwyn! Byddaf yn ôl erbyn amser brecwast!'

Pan oedd y car ddigon pell o'r gwarchodwyr, stopiodd y car yn araf.

'Dach chi'n fwtler gwych, Bwtler,' meddai'r *Frenhines*, 'ond does dim rhaid i chi boeni amdanaf. Dwi'n cael amser gorau fy mywyd!'

Llithrodd y bwtler ar hyd y bonet a chamu at ffenest y gyrrwr.

'Mwynhewch eich rhyddid, *Eich Mawrhydi*. Chi'n ei haeddu fe!'

'Diolch yn fawr, Bwtler.'

'Wy a dwy selsigen yn y bore, *Eich Mawrhydi*?'

'Dach chi'n fy adnabod yn rhy dda.'

'Ac os caf ddweud, *Eich Mawrhydi*, chi'n dishgwl yn bert iawn yn eich gwisg cimwch. Ond pwy yw'r ferch ifanc hon sydd gyda chi?'

Gwgodd Ben. 'HMMM!'

Ar hynny, cyrhaeddodd Gwarchodwyr y *Frenhines*. Roedd rheini ar y blaen yn cau'r gatiau.

'Hoffwn glebran efo chi trwy'r dydd, Bwtler, ond mae'n rhaid imi fynd! Dwi angen creu anhrefn lwyr yn y munud! Ffarwél!' gwaeddodd y *Frenhines*.

Saliwtiodd y bwtler yn falch, cyn iddi wibio'i ffwrdd yn y car heddlu.

BRWWWM!

'AWN NI DDIM TRWY'R GATIAU!' meddai Ben. Roeddynt bron ar gau, a'r car yn rhy llydan i fynd trwyddynt.

'Pawb i bwyso i fy ochr i!'

Ufuddhaodd Ben a Huw, a throdd y car drosodd ar ei ddwy olwyn.

'Dach chi ddim yn bwriadu —' meddai Huw.

'O, yndw! Henaint ni ddaw ei hunan!' gwaeddodd y *Frenhines*, wrth iddi bwyso'n drymach ar y sbardun.

BRWWWM!

'Alla i ddim edrych!' gwaeddodd Huw, yn cyrcydu tu ôl i'w fwgwd.

Trwy ryfedd wyrth, llwyddodd y car i fynd trwy'r gatiau. Hyrddiodd Ben a Huw eu hunain i ochr arall y car, a glaniodd y cerbyd yn ôl ar ddwy olwyn.

'DACH CHI DDIM HANNER CALL, *Eich Mawrhydi*!' meddai Ben.

'Ti mor garedig!' atebodd yr hen wraig freintiedig, cyn iddyn nhw wibio i'r tywyllwch.

35

Y lle cyntaf ar eu taith oedd Stadiwm Wembley. Wrth i'r car stopio tu allan, gofynnodd Ben, 'Y tro diwethaf oeddech chi yma, sut wnaethoch chi dorri i mewn?'

'Defnyddio gleider sy'n ffitio mewn bag llaw. Hedfan i mewn, a glanio ar y cae.'

'Fel rhan fwyaf o bobl!' meddai Huw, gyda'i dafod yn ei foch.

'O ble ar y ddaear gawsoch chi gleider bag llaw?' gofynnodd Ben. 'Swn i wrth fy modd cael un o'r rheini!'

'Pan ymwelais â phencadlys yr Heddlu Cudd, wrth gwrs!'

'O, wrth gwrs!' atebodd Ben, yn ddigywilydd. 'Dylwn fod wedi dyfalu hynny!'

'Ble mae'r gleider bag llaw nawr?' holodd Huw.

'Yn union ble gadewais hi. Ar ben Tŵr Llundain,' meddai'r *Frenhines*.

'O!' meddai Huw.

'Ia. O!' atebodd y wraig freintiedig.

'Dwi'n gwybod am ffordd i mewn!' cyhoeddodd Ben, yn falch.

'Roedd cliw yn **PAPUR PLWMWR**, debyg!' meddai'r *Frenhines*.

'Na, nid yn hwnnw!' atebodd. 'Ond mewn llyfrau wnes i fenthyg o'r llyfrgell. Mae'r system ysgeintio newydd yn dyfrio'r cae … '

'Ro'n i'n amau bod dŵr a phlymio'n rhan o'r ateb!'

' … ac felly mae'n rhaid bod piben fawr yn arwain o'r tanc dŵr ac yn syth i mewn i'r stadiwm. Os allwn ni ddod o hyd i'r tanc, yna gallwn ddod o hyd i'r ffordd i mewn. Ond mi fydd hi'n daith gyfyng!'

Cododd Huw ei law.

'Beth sy'n bod, Huw?'

'Pan ti'n dweud 'ni', am bwy yn union wyt ti'n sôn?'

'Y tri ohonon ni. Ond bydd rhaid i un ohonom aros

wrth y tanc dŵr i agor a chau'r falf.'

'A fi fydd hwnnw!' meddai Huw, cyn i'r ddau arall gael cyfle i agor eu cegau.

Cychwynnodd y *Frenhines* gerdded yn araf o gwmpas y stadiwm pan waeddodd Ben, 'ARHOSWCH!'

Gwelodd arwydd ar focs metel mawr: **FALF RHEOLI DŴR**.

'Rhaid ei bod o dan hwnna!'

Cododd y ddau y caead metel i ddatgelu tanc dŵr mor fawr â phwll nofio.

'Dwi'n credu y byddai'n syniad i mi fynd fy hun, *Eich Mawrhydi,* meddai Ben. 'Pan fydd y falf yn agor, bydd dŵr yn rhuthro'n wyllt i lawr y tiwb. Byddwn yn slochian o gwmpas fel petaen ni mewn sglefr ddŵr!'

'O! Dwi wastad wedi eisiau mynd ar sglefr ddŵr!' atebodd y *Frenhines.*

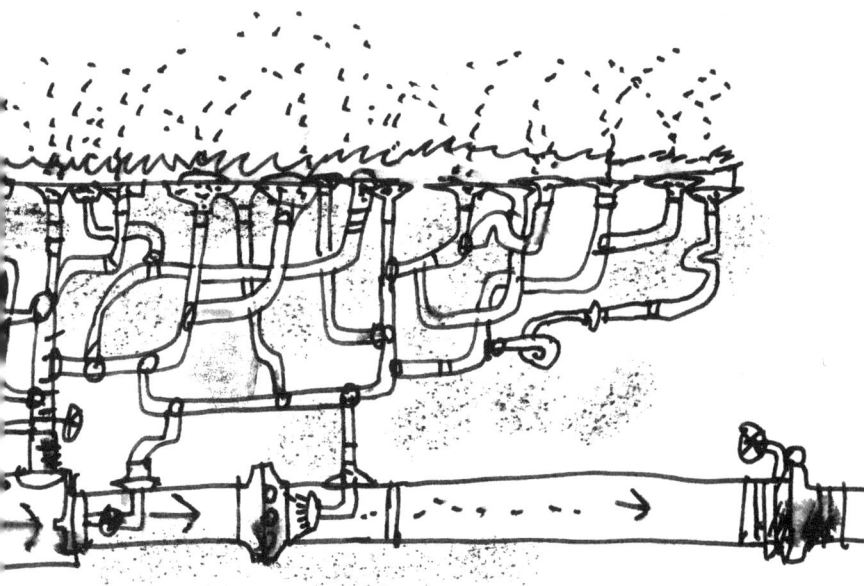

'Wel, dyma'n cyfle ni! Huw, pan dwi'n dweud wrthoch, trowch y falf er mwyn agor y tiwb.'

'Dim problem!' atebodd.

'Merched yn gyntaf!' meddai Ben.

Gan ddal i gydio'n dynn yng **NGWPAN Y BYD**, neidiodd y *Frenhines* i lawr y twll ac i'r tanc dŵr islaw.

SPLASH!

'Ydy o'n oer?' gwaeddodd Ben.

'DWI DDIM EISIAU D-D-D-DIFETHA'R SYRPREIS ITI!' atebodd y *Frenhines*, gyda'i dannedd yn rhincian.

Gwingodd Ben, a neidiodd.

SPLASH!

Pan lithrodd ei gorff i mewn i'r dŵr oer, cafodd sioc. Daliodd ei anadl.

'AAAA!'

Yna, gwaeddodd ei orchmynion.

'Huw! Tynnwch y lifer ar y top yr holl ffordd i lawr i'r dde ... NAWR!'

Ufuddhaodd Huw. 'Dim problem!' (Dyna oedd ateb Huw i bopeth!)

Yn syth bin, teimlodd y ddau yn y tanc eu hunain yn troelli i lawr, fel pe bai rhywun wedi tynnu'r plwg mewn bath enfawr.

'*WHIIIIII!*' gwaeddodd y Frenhines, wrth iddi gyflymu i lawr y biben. 'PEIDIWCH Â GOLLWNG **CWPAN Y BYD**!' gwaeddodd Ben, ei lais yn adleisio yn y tiwb hir, metel.

Ymhen dim, roedd y ddau dan y dŵr, wrth i'r pwysedd gynyddu i ddyfrio'r chwistrellwyr o dan y cae. Gydag un llaw, cydiodd Ben mewn ysgol, a'r Frenhines â'r llaw arall. Arweiniodd yr ysgol i fyny'r tiwb ac i hatsh ar y top, yn union fel un byddai rhywun yn ei weld ar long danfor.

Trodd Ben y clo ar yr hatsh a'i agor. Stadiwm Wembley! Dringodd allan o'r twll, cyn rhoi cymorth i'r Frenhines. Am ennyd, yng ngolau'r lleuad, safodd y ddau mewn distawrwydd, yn gwylio'r cae yn cael ei chwistrellu â dwr. Roedd yn brofiad *insol* a phrydferth ar yr un pryd, a rhyw hud yn yr awyr.

'Paid byth ag anghofio'r eiliad hon,' meddai'r 𝒻𝓇𝑒𝓃𝒽𝒾𝓃𝑒𝓈.

'Wna i ddim,' atebodd Ben, gan rynnu fel deilen yn yr oerfel.

'Mae hwn yn atgof arbennig iawn. A ni sydd ei berchen. A dim *ond* ni. Gall *neb* ddwyn y profiad hwn oddi arnon ni.'

Safodd y ddau yn y distawrwydd llethol am ennyd arall. Yna, torrodd y 𝒻𝓇𝑒𝓃𝒽𝒾𝓃𝑒𝓈 ar draws y llonyddwch a dweud, 'Digon blincing oer, on'd yw hi?'

'Blincing RHEWI!'

'Beth am roi'r **CWPAN** yn ôl yn yr arddangosfa, a sgidadlio o'ma?'

'Pa ffordd?'

'Trwy'r drysau'n fan'cw, os dwi'n cofio'n iawn,' atebodd y *Frenhines*, gan bwyntio i gyfeiriad drysau dwbl metel mawr tu ôl i'r gôl. 'Ond mae'n edrych fel pe bawn nhw wedi eu hatgyfnerthu. Gwydr o'n nhw tro diwetha o'n i yma.'

'Mae'n edrych fel pe bai'n amhosib mynd trwyddyn nhw!'

'Feddyliwn ni am rywbeth. Tyrd! Ffwrdd â ni!'

Fodd bynnag, doeddan nhw heb symud cam. Yr eiliad honno, goleuwyd y cae gan y llifoleuadau.

CLIC!

WHIIIR!

Am eiliad, dallwyd Ben gan y golau llachar. Yr unig beth allai weld o'i flaen oedd golau gwyn.

Yna clywodd injan yn tanio.

BRRRRRRRRRWM!

Nid injan car oedd hi, ond injan peiriant torri gwair. Pan welodd o'n glir yr hyn oedd o'i flaen, cafodd fraw. Roedd rhywun yn eistedd ar ben peiriant torri gwair **anferth.** Yn wir, roedd hwn yn debycach i **danc** na pheiriant torri gwair. Beth bynnag oedd y peiriant, roedd yn anelu yn syth tuag at y ddau!

Edrychodd Ben a'r *Frenhines* ar ei gilydd mewn ofn! Ar adeg fel hon, roedd angen gwisgo **trôns a nicars brown!**

Ar unrhyw eiliad, roeddynt yn mynd i fod wyneb yn wyneb â'r llafnau anferth, miniog!

BRWWWWWWWM!!!

36

TRESBASWYR

'PWY YDACH CHI?!' mynnodd y Frenhines, wrth i'r peiriant torri gwair anferth nesáu tuag atynt.

BRWWWWM!

Sylwodd Ben fod enw ar ochr y peiriant: **TWRCH TRWYTH***. Nid oedd o'n gwybod ai enw'r peiriant, ynteu'r dyn, oedd hwnnw.

'FI YW'R GOFALWR TIR! A CHI'N TRESBASU AR FY NGLASWELLT!' gwaeddodd y gŵr yn ôl. Dyn bach, byr, pytiog oedd o, a'i ben mor foel ag wy. Gellid ei gamgymryd am fawd anferth.

*Mochyn enfawr, chwedlonol yw'r Twrch Trwyth. Yn chwedl Culhwch ac Olwen, mae'n cael ei erlid ar hyd a lled Cymru gan y Brenin Arthur. Mae rhai trefi wedi eu henwi ar ei ôl, er enghraifft Mochdre.

'ODYCH CHI'N GWYBOD BETH SYDD YN DIGWYDD I'R RHEINI SYDD YN TRESBASU AR FY NGLASWELLT?'

'NAC'DW!' atebodd Ben, gan gystadlu â sŵn uchel yr injan. 'OND DWI'N AMAU EICH BOD AM DDWEUD WRTHON NI!'

'MAEN NHW'N CAEL EU LLADD – EU PLADURO I FARWOLAETH!'

'Tydi'r mwnci mul ddim llawn llathen!' gwaeddodd y *Frenhines*. 'Gwell ei heglu hi odd'ma fel cath ar dân!'

Ond cafodd y ddau eu dilyn i bob cyfeiriad gan y gofalwr gwallgof.

BRWWWWM!!!

'Mae gen i syniad!' sibrydodd Ben, wrth iddynt redeg i mewn i gawod o ddŵr oedd yn chwistrellu'r cae. 'Beth am ei arwain i gyfeiriad y drysau metel? Efallai gallwn ladd dau aderyn gydag un garreg!'

'Syniad da! Ti ddim mor dwp â ti'n edrych!'

Rhedodd y ddau i gyfeiriad y drysau, gyda'r **TWRCH TRWYTH** yn dynn wrth eu sodlau. Chwistrellwyd dŵr i wyneb y gwr, a'i ddallu dros dro.

Ar ôl iddynt gyrraedd y drysau, trodd Ben a'r 𝓕𝓻𝓮𝓷𝓱𝓲𝓷𝓮𝓼 i wynebu'r gofalwr.

'BYDDWCH YN BAROD I I FYND I'R CAE PÊL-DROED MAWR YN Y NEFOEDD!' gwaeddodd, ar dop ei lais, gan sychu dŵr o'i lygaid.

'NAWR!' gwaeddodd Ben.

Neidiodd y bachgen a'r 𝓕𝓻𝓮𝓷𝓱𝓲𝓷𝓮𝓼 i un ochr, cyn i'r TWRCH TRWYTH yrru i mewn i'r drysau cadarn.

CLYNC! CRASH!

Taflwyd y gofalwr i'r llawr gan nerth y gwrthdrawiad.

WHIIIIIS!

'AAAA!'

Glaniodd ar ei ben-ôl yn y gôl!

'BYDD DIAL AM HYN!' gwaeddodd, ond roedd wedi ei ddal yn y rhwyd fel pryf mewn gwe.

'Yn ôl ei olwg, bydd y twpsyn ddim yn dial yn fuan iawn!' meddai'r 𝓕𝓻𝓮𝓷𝓱𝓲𝓷𝓮𝓼.

Rhuthrodd y pâr i mewn i'r adeilad a gweld arddangosfa o hanes pêl-droed. Yr ystafell hon oedd paradwys pob cefnogwr. Roedd yno:

CRYSAU SÊR PÊL-DROED

BANERI TIMAU

LLUNIAU O GEMAU HANESYDDOL

COFRAGLENNI

MEDALAU

TLYSAU

PELI WEDI EU HARWYDDO

ESGIDIAU PÊL-DROED O GYFNODAU GWAHANOL

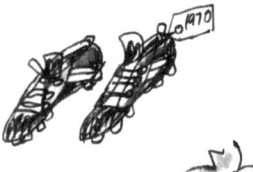

MASCOTIAID

HEN ALBWMAU PÊL-DROED

'Ydach chi'n hoffi pêl-droed, *Eich Mawrhydi?*' gofynnodd Ben.

'Yn union fel mae twrci yn hoffi'r Nadolig!'

'A finnau! 'Dan ni'n dau'n gwastraffu ein hamser yn fan hyn!'

'Nawr, ble mae'r plinth?'

'Y Tywysog, *Plinth* Charles?' gofynnodd Ben.

"Plinth', nid 'Prins'! Twpsyn!'

Safai stand gwyn, gwag yng nghanol yr ystafell.

'Dacw fo!' meddai Ben.

'Edrychodd y *Frenhines* ar **GWPAN Y BYD** am y tro olaf. 'Mi wnes i fwynhau dy ddwyn!' meddai, cyn cusanu'r cwpan a'i osod ar y plinth.

Ond wrth iddi ei roi i lawr, clywyd larwm uchel yn canu.

UUUU WWW UUU WWW UUU WWW UUU WWW!

'Y Plinth!' gwaeddodd y *Frenhines*. 'Anghofiais am y larwm lladron!'

'Rhaid i ni ddianc o fan hyn, **a hynny ar wib!'** meddai Ben.

I lawr y coridor, gwelsant silwetau o warchodwyr yn rhedeg yn syth tuag atynt.

STOMP!

STOMP!

STOMP!

oedd sŵn eu hesgidiau

trymion ar y llawr sgleiniog.

37

Rasiodd Ben a'r 𝓕*renhines* i'r cyfeiriad arall, yn ôl tuag at y cae pêl-droed. Yno, fodd bynnag, roedd dwsin o warchodwyr eraill yn disgwyl amdanyt.

'ER MWYN Y NEFOEDD, PEIDIWCH Â SEFYLL AR FY NGLASWELLT!' gwaeddodd y gofalwr arnynt. Roedd wedi ei ddal o hyd yn rhwyd y gôl.

Fe'i hanwybyddwyd gan y gwarchodwyr. Roedd ganddynt fwy o ddiddordeb mewn dal dau leidr na phoeni am ryw laswellt!

'Allwn ni ddim mynd yn ôl y ffordd daethon ni!' meddai Ben.

Llygadodd y 𝓕*renhines* y **TWRCH TRWYTH** i fyny ac i lawr, fel pe bai'n un o'i cheffylau pedigri. 'Sgen ti ffansi mynd am reid?' gofynnodd.

'Dyna'r unig obaith sydd gynnon ni!'

'NEIDIA I FYNY!'

Dringodd y ddau ar y **TWRCH TRWYTH**. Cafodd y *Frenhines* gryn drafferth wrth geisio tanio'r peiriant, ac felly aeth Ben ati i wneud hynny ar ei rhan.

BRWWWWWM!

'O! Diolch yn fawr, syr!'

Yna, trodd y *Frenhines* y llyw.

TROOOOOOO!

Dechreuodd y peiriant torri gwair droi fel top.

ROWND A ROWND A ROWND A ROWND!

Ar eu hunion, bagiodd y gwarchodwyr. Doedd yr un ohonynt eisiau cael eu malu'n chwilfriw. Nawr, gyda llwybr clir o'i flaen, pwyntiodd Ben i gyfeiriad yr allanfa.

'FFORDD ACW, *Eich Mawrhydi*!' gwaeddodd, gyda'i lais yn cael ei foddi gan sŵn uchel y **TWRCH TRWYTH**.

'FY NHWRCH TRWYTH! DEWCH Â FE YN ÔL AR UNWETH!' udodd y gwarchodwr, fel pysgodyn mewn rhwyd.

'CER I GRAFU!' gwaeddodd y *Frenhines*, yn amlwg yn dechrau mwynhau ei hun fel hwch mewn mwd.

Gyrrodd i'r cyfeiriad yr oedd Ben yn pwyntio.

Bwriodd y **TWRCH TRWYTH** trwy'r drysau mawr.

BAM!

Ac un arall!

BAM!

Ac un arall!

BAAAAM!

Nes eu bod allan o'r stadiwm.

Rhedodd y gwarchodwyr ar eu holau.

RAS!
RAS!
RAS!

Wrth fynd o gylch y stadiwm, gwelsant Huw yn disgwyl amdanynt wrth gar yr heddlu. Pan welodd hwnnw'r gwarchodwyr yn nesáu o bob cyfeiriad, penderfynodd chwarae ei ran arwrol yn yr antur fawr gan roi het Plismon Plonc am ei ben.

'Dach chi'ch dau'n meddwl bod gennych hawl i ddwyn peiriant torri gwair, ydach chi? Wel, DWI'N EICH ARESTIO CHI! EWCH I MEWN I'R CAR HEDDLU, YR UN SYDD YN DREWI O AROGL CEBAB! AR UNWAITH!'

Gan chwarae eu rhannau'n berffaith, daeth Ben a'r *Frenhines* i lawr o'r peiriant. Gwyrodd y ddau eu pennau a dweud, 'Sorri, Plismon Huw!'

'DYW SORRI DDIM YN DDIGON DA!' taranodd Plismon Huw. 'DWI'N MYND Â CHI YN SYTH I'R

CARCHAR! AC WEDYN BYDDAF YN TAFLU'R ALLWEDD I FFWRDD!'

Wrth iddynt lithro i mewn i sedd gefn y car heddlu, trodd Huw i wynebu'r gwarchodwyr. 'Diolch yn fawr i chi am eich cymorth, gyfeillion. Fe wna i, Plismon Huw, ofalu am y ddau o hyn ymlaen!'

'Os dach chi'n blismon, pam dach chi wedi'ch gwisgo mewn pyjamas?' gofynnodd gwarchodwr, yr unig un oedd yn gallu sillafu ei enw yn gywir.

Sibrydodd y gweddill ymysg ei gilydd, gan gytuno â'i sylw craff.

'Dwi'n blismon dan gudd, dan gudd cymaint nes 'mod i'n treulio'r rhan fwyaf o fy mywyd dan y gwely!' atebodd Huw, cyn neidio i mewn i'w sedd a gyrru ymaith fel cath i gythraul.

B R W W W M !

38

Chwarddodd y tri wrth sgwrsio am eu hanturiaethau.

'HA! HA! HA! 'Dan ni wedi llwyddo!'

Roedd hynny'n berffaith wir. Roedd dychwelyd **CWPAN Y BYD** yn ôl i Stadiwm Wembley wedi bod yn llwyddiant mawr. Nawr, yr unig beth oedd ar ôl i'w wneud oedd dychwelyd *Coron yr Archdderwydd* i'r Amgueddfa Brydeinig a byddai'r *Frenhines* yn ddieuog o unrhyw drosedd.

Hoffai Huw fod wrth lyw y car heddlu. Doedd dim gwell drama na sŵn y seiren a'r goleuadau'n fflachio.

'PLISMON HUW, PLISMON GORAU'R BYD!' gwaeddodd, er mwyn i'r holl fyd ei glywed.

'Dwi ddim eisiau i'r noson hon ddod i ben!' meddai Ben, o'r sedd gefn.

'Na finnau!' atebodd y *Frenhines*. 'Ond bydd y noson yn ein *calonnau* am byth!'

Ymhen dim, cyrhaeddodd y car tu allan i fynedfa yr Amgueddfa Brydeinig.

Gyda cholofnau anferth o flaen yr adeilad, edrychai fel pe bai'n perthyn i fyd y Groegiaid ganrifoedd yn ôl. Sefydlwyd yr amgueddfa tua thair canrif yn ôl, ond bu cryn dipyn o newid arni dros y blynyddoedd. Bu'n gartref i nifer helaeth o ddarnau celf hynafol a hen greiriau, ac felly roedd yn lle perffaith i arddangos *Coron yr Archdderwydd**.

Wel, bu'n lle perffaith nes i NANA CRWCA benderfynu ei dwyn!

Arhosodd y triawd annhebygol nes bod y gwarchodwyr wedi mynd heibio tu blaen y fynedfa cyn camu o'r car heddlu. Y *Frenhines* oedd yn arwain, gyda Ben a Huw yn ei dilyn, a'r olaf yn cario'r goron drom.

'Sut yn union 'dan ni am fynd i mewn i'r amgueddfa?' gofynnodd Huw, a'i wynt yn ei ddwrn, fel pe bai wedi rhedeg marathon.

---

*Coronwyd y bardd cyntaf yn 1867.

'Y tro diwethaf, cerddais drwy un o'r twnneli tanddaearol a adeiladwyd yn ystod y Blits*,' meddai'r *Frenhines*, cyn i Ben dorri ar ei thraws.

'Mae hwnnw'n arwain yn syth o Balas Buckingham!'

'Sut goblyn wyt ti'n gwybod hynny?'

'Astudiais cwpl o lyfrau am yr amgueddfa yn y llyfrgell. Wedi meddwl, roedd hwnnw'n gliw mawr! Mae'r twnnel yn dod o'ch tŷ chi! Dyliwn fod wedi amau mai chi oedd y lleidr o'r cychwyn cyntaf!'

'Ond pwy fyddai'n amau'r *Frenhines* ... sef myfi?' meddai'r wraig freintiedig yn hunanfoddhaus.

'Byddaf *i'n* ei hamau o hyn ymlaen!' meddai Huw. 'Os bydd un darn o siocled yn mynd ar goll o'r siop, chi fydd yn cael y bai, *Eich Mawrhydi Mwyaf Brenhinol!*'

Cafodd y *Frenhines* ei goglais. Awgrymodd ei ailenwi yn 'HUW HA! HA!'

'Rhaid i mi roi hon i lawr am funud,' cwynodd Huw.

'Y goron sy'n rhy drwm, ynteu chi sy'n rhy wan?' gofynnodd Ben yn gellweirus.

'Mae gen i gefn drwg,' atebodd Huw. 'Mae'n brifo wrth godi twb o fenyn!'

---

*Ymgyrch fomio gan y Natsïaid yn ystod yr Ail Ryfel Byd oedd y Blits. Cafodd Llundain ei bomio'n ddidrugaredd, ynghyd â dinasoedd eraill fel Abertawe a Lerpwl.

'Wnes i ddim trafferthu ei chario,' meddai'r *Frenhines*. 'Gosodais y goron ar sled a gadael i'r corgwn ei thynnu, fel pe bawn yn yr Arctig!'

'CRWCA go iawn!' meddai Ben.

'Oes un ohonoch am allu dweud wrtha i sut 'dan ni am gael i mewn, os gwelwch yn dda?' mynnodd Huw.

'Does gan y *Frenhines* ... sef myfi ... ddim mwy o syniad na thwrch daear am yr haul! Rhaid i ni fynd yr holl ffordd yn ôl i Balas Buckingham er mwyn dod o hyd i fynedfa'r twnnel!'

'Neu gadael y goron wrth y drws ffrynt!' meddai Huw. 'Mi ddaw y gwarchodwyr yn ôl ffordd hyn yn y munud.'

'Gallai rhywun ddwyn y goron!' meddai Ben.

Gwthiodd y *Frenhines* yn erbyn drws ffrynt yr amgueddfa, ac fe agorodd.

CRIIIIIC!

'Mowredd mawr! Mae'r drws ar agor!' meddai, er mawr ryfeddod iddi. 'Dowch! Dilynwch y *Frenhines*!'

'Sef myfi!' meddai Huw, yn ei dynwared dan ei wynt.

Edrychodd Ben a Huw yn bryderus ar ei gilydd, cyn dilyn y *Frenhines* i mewn i'r amgueddfa.

Tu mewn, roedd hi'n llonydd a thawel. Yn rhy llonydd a thawel, yn ôl Ben. Teimlai'r bachgen fod rhywbeth o'i le.

'Mae rhywbeth o'i le,' sibrydodd.

'Efallai fod rhywun wedi anghofio cloi'r drws. Dwi'n gwneud hynny'n aml!' sibrydodd Huw.

'Dyma'r Amgueddfa Brydeinig! Tydi pobl ddim yn anghofio cloi'r drws! Rhaid mai trap ydy o!' atebodd Ben.

'Beth am wisgo ein mygydau a rhedeg odd'ma yn gynt na milgi gyda'i gynffon ar dân!' atebodd Huw.

Adleisiodd sŵn eu traed ar hyd y cyntedd anferth. Mae'r amgueddfa yn gartref i wyth miliwn o eitemau. Yn anffodus, doedd gan ein harwyr ddim amser i'w gweld nhw i gyd, ond aethant heibio rhai o'r hen greiriau sydd wedi goroesi ar hyd y canrifoedd:

HELMED MORWR O GLODDFA SUTTON HOO

 Helmed efydd yw hon o fedd milwr Eingl-Sacsonaidd, neu frenin a oedd yn byw dros fil o flynyddoedd yn ôl. Cafodd ei chladdu gyda'i drysorau ar long enfawr. Mae'r gloddfa yn Suton Hoo, yn Swydd Suffolk.

*Mae'r ffilm THE DIG (2021) yn sôn am gloddiad Sutton Hoo yn 1939.

Gwŷr Gwyddbwyll Lewis
Darnau o wyddbwyll yw'r rhain wedi eu cerfio o ysgithr walrws ac asgwrn morfil, rhywbryd yn y ddeuddegfed ganrif.

Casgliad o Ddarnau Arian Fishpool
Dros fil o ddarnau arian aur a thlysau o'r 1400au. Dyma'r casgliad mwyaf o ddarnau arian a ddarganfuwyd ym Mhrydain erioed.

O'r diwedd, cyrhaeddodd y tri y galeri arbennig lle'r oedd *Coron yr Archdderwydd* wedi ei harddangos, wedi ei hamgylchynu gan drysorau o'r hen Aifft. Yno, roedd:

Carreg Rosetta
Mae hon wedi ei haddurno gydag arwyddluniau gan offeiriaid o'r hen Aifft.

Pen y Pharo
Dyma ben anferth Amenhotep III, pharo a oedd yn byw

rhyw dair mil o flynyddoedd yn ôl. Mae coron ddwbl ar ei ben, arwydd ei fod wedi rheoli yr Aifft Uchaf a'r Aifft Isaf.

Mwmïod y Cathod

Ar wahan i fwmïod dynol, mae mwmïod cathod yn yr amgueddfa, a hyd yn oed mwmi o hebog o'r hen Aifft. Hoffai pobl gael eu claddu gyda'u hanifeiliaid anwes er mwyn cael cwmni yn y byd a ddaw.

'Alla i ddim cario hon gam ymhellach!' meddai Huw, yn anadlu'n drwm.

'Sdim byd gwaeth na phoen cefn ar ôl cario twb o fenyn!' meddai Ben, gyda'i dafod yn ei foch.

'Gadewch i mi ei chario!' meddai'r *Frenhines*, gan gydio yn y goron yn ofalus. 'O! Tydi hi ddim hanner mor drwm â fy nghoron i!'

'Tydach chi ddim wedi gorfod cario tybiau o fenyn ar hyd eich oes, *Eich Mawrhydi Mwyaf Brenhinol!*' cwynodd Huw.

Yna, clywsant sŵn cyfarwydd.

'MIAAAW!'

Y Gath Ddu! Y tro hwn, roedd hi'n eistedd ar ben y Pharo.

'Sut ar y ddaear ddoth y gath i fan hyn, yr holl ffordd o Balas Buckingham?' gofynnodd y *Frenhines*.

'Tydi hon ddim yr un gath!' meddai Huw.

'Ydy mae hi!' atebodd Ben. Gwyddai'n iawn pa gath oedd hi. Dyma'r gath oedd wedi bod yn ei ddilyn bob cam, er mwyn ei warchod.

'MIAAAAAW!' meddai'r gath unwaith yn rhagor. Swniai fel pe bai'n ceisio eu rhybuddio rhag rhywbeth ... neu rywun.

Neidiodd i lawr o ben y Pharo a dechreuodd dynnu gwaelod gwisg dywysoges Ben.

'MIAAAAW!'

'Mae hi reit dan nhraed i!' cwynodd Huw, wrth iddo geisio'i gwthio ymaith gyda'i droed.

Wrth iddo wneud hynny, teimlodd glic yn ei gefn.

CLIC!

'AW!' meddai Huw, mewn poen. 'Fy nghefn bach!'

'O! Peidiwch â chwyno cymaint, ddyn!' dwrdiodd y

Frenhines, cyn iddi osod y goron yn ofalus tu mewn i gas gwydr atal bwledi.

'WFF! Mae nghefn i'n brathu! Rhaid imi eistedd i lawr,' meddai Huw, gan chwilio am sedd.

'MIAAAAW!' rhybuddiodd y gath.

'Mae'n ddwg gen i ddweud wrthoch chi, Huw, ond dwi'n meddwl bod y gath yn treio dweud rhywbeth wrthon ni. Rhaid i ni ei heglu hi odd'ma! A hynny AR FRYS!' meddai Ben. 'Gadewch i mi eich helpu!'

'Gwell i minnau helpu'r claf diglefyd hefyd!' ychwanegodd y *Frenhines*, dan ei gwynt.

Gafaelodd y ddau ym mreichiau Huw a'u gosod dros eu hysgwyddau er mwyn cynnal ei bwysau. Gyda'i gilydd, cafodd y claf cloff ei hebrwng allan o'r ystafell enfawr yn arafach na malwen mewn triog, gyda'r gath yn eu dilyn.

'ARHOSWCH LLE'R YDACH CHI!' meddai llais uchel o'r tu ôl i ben y Pharo.

RHAN 4

GWRTHDARO

39

DIAL YR HEN BOBL

'P-p-pwy sydd yna?' mynnodd Ben, yn crynu ag ofn.

Camodd ffigwr o'r cysgodion i'r goleuni. Cododd ei het.

'Dyna pam oedd y gath yn gweiddi grwndi!'

'MIAAAW!' meddai'r gath unwaith yn rhagor, fel pe bai'n dweud, 'Mi wnes i'ch rhybuddio chi!' Sleifiodd ymaith fel panther i dywyllwch yr amgueddfa.

'Myfi sydd yma! Mistar Mostyn, eich annwyl arweinydd o grwp GWARCHOD Y GYMDOGAETH, cangen Stryd Lwyd!' meddai, yn hunanbwysig. 'A dach chi ar fin cael eich arestio!'

Ac ar hynny, ymddangosodd byddin o hen bobl o'u cuddfannau ac ymgasglu o'i gwmpas.

Am unwaith, edrychodd y Frenhines yn bryderus.

'Ein harestio? Am wneud beth?' protestiodd Huw. 'Os dach chi'n sôn am y ffaith 'mod i wedi gwerthu siocled wedi llwydo — '

'Dim oll i'w wneud â hynny!' meddai Mistar Mostyn, yn siarp ei dafod. 'Ond bydd hynny'n cael ei ychwanegu at y rhestr o ddrwgweithredoedd! Ben, gwyddwn o'r cychwyn dy fod ti'n archdroseddwr! Ond pam wyt ti wedi gwisgo fel tywysoges? A pam mae'r wraig hon wedi gwisgo fel cimwch?'

'Sdim ots am hynny! Sut daethoch chi yma?' mynnodd Ben.

'Mae fy chwaer, Miss Swot, yn wirfoddolwraig yn llyfrgell yr Amgueddfa Brydeinig. Mae ganddi allwedd. Penderfynon eich dilyn o SIOP HUW, un yr ydan ni wedi bod yn cadw golwg arni ers sbel!'

'Ro'n i'n amau eich bod chi'n cuddio yn y gwrychoedd!' meddai Ben.

'Mistar Mostyn, wnaethoch chi 'ngweld i'n cerdded o gwmpas yn fy nhrôns Mr Urdd?' gofynnodd Huw, yn bryderus iawn, iawn.

'Do, yn anffodus! Ac rwy'n dal i gael hunllefau am hynny! Nawr, dwi'n mynnu cael gwybod pwy sydd wedi ei wisgo fel cimwch?'

'Noswaith dda!' meddai'r *Frenhines*, yn llon, gan gadw ei phen i lawr. 'Myfi yw mam Huw, sef ... yyy ... Mrs Huw!'

'Dwi'n adnabod y llais yna!' meddai Miss Snot.

'A finnau!' cytunodd ei brawd.

'Tydw i ddim!' meddai Ben.

'Na finnau!' ychwanegodd Huw. 'Yn sicr, nid *Ei Mawrhydi Mwyaf Frenhinol y Frenhines* yw hi!'

Edrychodd Ben a'r *Frenhines* arno, wedi eu synnu bod y twpsyn twp wedi gadael y gath o'r cwd!

'Wps!' meddai Huw.

'*Eich Mawrhydi!*' meddai Mistar Mostyn, gan gamu yn nes i gael gwell golwg arni. 'Ai chi yw hi, go iawn?'

'Ie!' atebodd y *Frenhines*. 'Fi yw'r *Frenhines* ... sef myfi ...'

Yn reddfol, penliniodd y gŵr a'r gweddill o'r 'pobl berffaith' o'i gwmpas a moesymgrymu wrth draed y wraig.

'Beth am gymryd y goes?' cynigiodd Ben.

'Na. Mae'r gêm ar ben, Ben,' meddai'r *Frenhines*.

'Fy mai i oedd y cwbl!' eglurodd Ben, yn awyddus i amddiffyn ei ffrind newydd. 'Rhaid ichi adael y *Frenhines* yn rhydd!'

Edrychodd y wraig freintiedig ar y bachgen, yn falch iawn ohono. 'Na, Ben. Myfi, y *Frenhines*, ddylai gymryd y bai.'

'Dwi'n reit hapus gyda'r penderfyniad yna!' cytunodd Huw.

'Fi ddwynodd *Coron yr Archdderwydd* a **CHWPAN Y BYD**, a byddwn wedi dwyn *Tlysau'r Frenhines* hefyd pe bai'r bachgen bach dewr hwn heb fy rhwystro!'

Rhedodd y wraig ei bysedd trwy ei wallt, a gwenodd y bachgen o glust i glust.

'Ond-ond-ond ...' meddai Mistar Mostyn, ag atal dweud arno, 'pam fyddai'r *Frenhines* eisiau dwyn *Tlysau'r Frenhines*?'

'I gael y wefr!'

'Y *wefr*, Eich Mawrhydi?' gofynnodd Miss Swot, wedi drysu'n lân.

'Ers diwrnod fy ngeni, mae fy mywyd wedi ei drefnu ar fy rhan. Treuliais fy holl fywyd yn gwenu a chwifio dwylo. Dwi eisiau gwrthryfela! Gwneud rhywbeth cwbl HURT!'

'Eich Mawrhydi, mae gwneud rhywbeth hurt yn un peth, ond mae'r hyn wnaethoch chi yn hurtbostllyd*!' meddai Mistar Mostyn.

'Dyna pam mae'r profiad wedi bod yn un mor wefreiddiol! Ond nawr mae'r antur ar ben. Arestiwch fi!' meddai, gan gynnig ei harddyrnau er mwyn eu rhoi mewn gefynnau.

'Alla i ddim eich arestio chi, Eich Mawrhydi,' meddai Mistar Mostyn.

'Fe allwn i!' meddai gwraig ffyrnig yr olwg yn y cefn. 'Rhowch hi yn y carchar a thaflwch yr allwedd!'

'Miss Pwtin, plis!' meddai Mistar Mostyn. 'Mae'n ddrwg gen i am hynna, Eich Mawrhydi. Mae Miss Pwtin yn tueddu i golli ei phen yn llwyr ar adegau!'

'Wel, beth ydan ni am wneud, Mistar Mostyn?' gofynnodd y Frenhines.

---

*Nid yw'r gair hwn chwaith yn bodoli yng Ngeiriadur yr Academi. Cafodd ei fathu gan yr addasydd.

'Does gen i ddim syniad, *Eich Mawrhydi*. Sut allwn ni egluro hyn i gyd?'

''Mae gen i syniad!' meddai Ben, yn falch.

'Deud dy ddweud!' awgrymodd y *Frenhines*.

'Pam na newn ni adael i Mr Mostyn a'i giang — '

'**Grŵp!**' cywirodd Mistar Mostyn. 'Mae **Gwarchod y Gymdeithas** yn grŵp! Ti'n gwneud i ni swnio fel giang o hwliganiaid!'

'Pam na newn ni adael i Mistar Mostyn a'i ... yyy ... '**grŵp**' gael y clod am ddychwelyd *Coron yr Archdderwydd*?'

'Cer ymlaen!' meddai Mistar Mostyn, yn hynod o eiddgar.

'Gall Mistar Mostyn a'i grŵp ddweud eu bod wedi dilyn giang o ladron, bod rheini – ar ôl brwydro ffyrnig – wedi dengyd, ond bod Mistar Mostyn a'r grŵp wedi llwyddo i gymryd y goron, un o drysorau pwysica'r byd, oddi arnynt.'

'Hmmm, dwi'n eithaf hoff o'r syniad yna, fachgen!' cytunodd Mistar Mostyn. 'Ac yn dilyn, wrth gwrs, fel ffordd o ddiolch i ni, cawn wahoddiad i Balas Buckingham am de a chacennau.'

'Ac fe gewch chi benderfynu pryd sydd yn gyfleus,' atebodd y *Frenhines*.

Clywyd sibrydion cadarnhaol iawn gan yr hen bobl.

'O! Paned dda o de!'

'A darn o gacen!'

'Bara brith i mi!'

'Ond dim byd gyda marsipan! Mae'n gwneud i fy nghlust chwith chwyddo!'

'Fydd yno jam a sgons?'

'Dim jam mafon, os gwelwch yn dda! Mae'r hadau mân yn glynu yn fy nannedd gosod!'

'Alla i ddim dod i de ar ddydd Mercher. Mae gen i ymarfer Côr Pensiynwyr ar gyfer yr Eisteddfod Genedlaethol!'

'Palas Buckingham? Www, gobeithio cawn ni gyfarfod y *Frenhines*!'

'Arestiwch hi! Ei charcharu a thaflu'r allwedd!'

Wel, roedd *bron* pawb – pawb ond Miss Pwtin – yn gadarnhaol!

'A hoffwn ychwanegu,' ychwanegodd y *Frenhines*, 'mai pobl fel chi a'ch giang ... yyy ... grŵp dwi'n feddwl ... yw asgwrn cefn ein cymdeithas. Hen bobl yn ymladd yn erbyn drwgweithredwyr, ac yn cadw ein strydoedd yn ddiogel. Mae Prydain ... gan gynnwys Ynys Enlli ... angen **pobl fel chi i gadw trefn!**'

Wrth i lygaid Mistar Mostyn ddechrau dyfrio, rholiodd Ben ei lygaid.

'Ac o ganlyniad, hoffwn eich anrhydeddu, Mistar Mostyn, a'ch **urddo'n farchog!**

'Beth?!' meddai Huw. 'Tydi hynny ddim yn deg!'

Tynnodd Mistar Mostyn ei het, penliniodd a dechreuodd grio fel babi blwydd.

'**BW! HW! HW!** Dyma ddiwrnod hapusaf fy mywyd!' meddai, gyda dagrau'n llifo i lawr ei fochau cochion.

'Swnio felly!' meddai Huw, yn sarhaus.

'All rhywun nôl fy nghleddyf?' gofynnodd y *Frenhines*.

'Peidiwch â'i ladd yn syth, *Eich Mawrhydi Mwyaf Brenhinol!*' meddai Huw.

'Dwi angen cleddyf er mwyn gallu ei **urddo'n farchog,** y twpsyn twp!'

'Af i nôl cleddyf i chi ar unwaith!' meddai Mistar Mostyn, cyn neidio ar ei draed a chwilota o gwmpas yr Amgueddfa Brydeinig am gleddyf. Cyn i rywun allu

dweud 'Trôns Taid' neu 'Nicars Nain' dychwelodd y gŵr gyda chleddyf a ymdebygai i arf o oes y Rhufeiniaid.

'Aaa!' meddai'r *Frenhines*. 'Cleddyf yr Eisteddfod Genedlaethol! Gyda hwn mae'r Cymry'n cadeirio ac yn coroni beirdd!'

Tynnodd y cleddyf o'r wain a'i edmygu.

'Hoffwn fod yn fardd,' meddai Huw.

'HA! HA! meddaf i wrth Huw!' meddai'r *Frenhines*, heb sylweddoli bod hon yn gynghanedd* sain!

Yna, fel ci anwes o flaen ei feistr, penliniodd Mistar Mostyn o flaen y *Frenhines*. 'DWI'N BAROD!'

'Am eich gwasanaeth diflino i grŵp Gwarchod y Gymdogaeth, y Stryd Lwyd,' meddai'r wraig freintiedig, 'yr wyf yn eich urddo dan yr enw *Syr Mostyn Busneslyd!*'

Mae gwahanol fathau o gynganeddion; cynghanedd sain yw un ohonynt.

Roedd Mistar Mostyn mor llawen â'r gog ar y gainc; gallai fod wedi hedfan i ffwrdd mewn swigen o hapusrwydd.

'O! Diolch! Diolch yn fawr! Diolch yn dalpe, *Eich Mawrhydi*!' gwichiodd, gan gusanu traed y sawl oedd mewn gwisg gimwch.

'Plis! Dyna hen ddigon o wenieithio!' meddai hithau'n llym ei thafod. 'Gas gen i, y *Frenhines*, grafwyr tin!'

Cododd Mistar Mostyn ar ei bengliniau a dechreuodd gusanu dwylo'r *Frenhines*.

'IYCH-A-FI! Rhowch gorau iddi, ddyn! Dach chi'n waeth na fy nghorgwn!'

'O! Maddeuwch imi, *Eich Mawrhydi*!'

'Wel,' meddai'r *Frenhines*, 'er 'mod i wrth fy modd yn sefyll o gwmpas yn fan'ma mewn siwt cimwch a dyn cwbl ddieithr yn cusanu fy nhraed a fy nwylo, mae'n rhaid i'r *Frenhines* ... sef myfi ... eich gadael!'

'Wrth gwrs, *Eich Mawrhydi*!'

'Gallwch ein riportio wrth yr heddlu ar ôl i ni fynd, ac mi'ch gwelaf chi yn y Palas i gael te a chacennau.'

Ac ar hynny, **diflannodd** Ben, Huw a'r *Frenhines*!

'Pam dach chi'ch dau yn y cefn wedi mynd i'r siambr sorri?'
gofynnodd y *Frenhines*, wrth yrru'r car heddlu.

Roedd hi'n llygad ei lle. Roedd Ben a Huw wedi llyncu
mul.

'Sut allech chi wneud hynny?' cwynodd Ben.

'Sut allwn i wneud beth?'

'Urddo Mistar Mostyn yn **farchog!** Chlywn ni am
ddim arall am weddill ein bywydau!' ychwanegodd Huw.

Roedd hi'n ddiwedd noson hir, ac ar fin gwawrio.

Gorchuddiwyd y strydoedd gan farrug, wedi ei oleuo'n
oren gan haul gwan y bore.

'Y bore bach!' meddai'r *Frenhines*. 'Amser i ni gyd fynd
i'n gwelyau!'

'O!' meddai Ben, gan gofio rhywbeth yn sydyn.

Rhoddodd gymaint o fraw i'r yrrwraig nes iddi droi'r llyw yn sydyn gan achosi i'r car heddlu wyro i ochr arall o'r ffordd.

SGLEFR!

Bu bron iddi daro'n erbyn fflyd o geir heddlu a oedd yn rasio i'r cyfeiriad arall gyda'u goleuadau'n fflachio a'u seirenau'n canu.

BRWWWM!

WY-HW! WY-HW! WY-HW! WY-HW!

Doedd dim dwywaith eu bod ar eu ffordd i'r Amgueddfa Brydeinig.

'Beth sy'n bod arnat ti, yn gweiddi 'O!' fel'na?!' gofynnodd y *Frenhines*.

'Bu bron i mi anghofio. Mae un cliw olaf yn eich cysylltu â'r troseddau, *Eich Mawrhydi*!'

'Pa gliw olaf?'

'Eich delw cwyr!'

'Wrth gwrs!' atebodd hithau. 'Anghofiais innau hefyd!'

'Pa ddelw cwyr?' gofynnodd Huw.

'Yr un o'r *Frenhines* yn Neuadd Albert, yr un gafodd ei

defnyddio i gamarwain pawb!' atebodd Ben.

'Ti'n llygad dy le!' meddai'r 𝓕𝓻𝓮𝓷𝓱𝓲𝓷𝓮𝓼. 'Rhaid i ni ddychwelyd i Madame Tussauds ar unwaith!'

Trodd y car yn sydyn i gyfeiriad Neuadd Albert. A gyda'r 𝓕𝓻𝓮𝓷𝓱𝓲𝓷𝓮𝓼 yn gallu gyrru mor gyflym â Tom Price*, roeddynt yno mewn chwinciad chwannen.

BRWWWWWWM!
BRÊÊÊÊÊÊÊÊÊÊC!

Sleifiodd Ben, Huw a'r 𝓕𝓻𝓮𝓷𝓱𝓲𝓷𝓮𝓼 i mewn trwy'r drws cefn, gan smalio bod yn lanhawyr, wedi eu gwisgo mewn cotiau brown a oedd yn hongian ar fachau gerllaw.

Roedd y neuadd yn cael ei glanhau, yn dilyn y llanast a achoswyd gan Ben yn ystod y gystadleuaeth ddawnsio. Ynyswyd sawl man gan yr heddlu, yn cynnwys y bocs brenhinol. Roedd gan y 𝓕𝓻𝓮𝓷𝓱𝓲𝓷𝓮𝓼 allwedd i ddrws y bocs. Cyn gynted ag o'n nhw i mewn, da oedd gweld bod y ddelw cwyr yn eistedd yn union lle'r oedd wedi ei gosod gan y 𝓕𝓻𝓮𝓷𝓱𝓲𝓷𝓮𝓼. Aethant ati i'w chodi a'i chario allan yr un ffordd ag y daethant i mewn, a hynny mor gyflym â phosib.

Bellach, roedd DWY 𝓕𝓻𝓮𝓷𝓱𝓲𝓷𝓮𝓼 yn y car heddlu: yr un go iawn wrth y llyw, a'r ddelw cwyr yn sedd y teithiwr.

---

*Ganwyd Thomas Maldwyn Pryce (1949-1977) yn Rhuthun ac ef yw'r unig Gymro i yrru car rasio Fformiwla 1. Bu farw mewn damwain yn Grand Prix De Affrig.

I Ben a Huw, roedd hwn yn brofiad od, gan fod y ddelw cwyr yn debycach i'r *Frenhines* na'r *Frenhines*!

Stopiodd y car tu allan i Madame Tussauds.

BRÊÊÊÊÊÊÊÊÊC!

Roedd yr amgueddfa ar fin agor am y dydd a safai rhes hir o ymwelwyr tu allan. Y gamp oedd gosod y ddelw cwyr yn ôl yn ei lle cyn i'r adeilad fod yn llawn twristiaid.

'Byddwch yn ofalus ohonof!' meddai'r *Frenhines* yn siarp, wrth i'r ddau halio'r ddelw cwyr o'r car heddlu. Trawodd pen y ddelw yn erbyn to'r car.

BWFF!

'Aw!' gwaeddodd y *Frenhines*.

'Mae'n amhosib bod hynna wedi'ch brifo!' meddai Ben.

'Nid eich pen chi ydy o!' ychwanegodd Huw.

'Egwyddor y peth! Nawr, sut mae'r *Frenhines* ... sef myfi yw honno ... am fynd i mewn heb i bawb sylwi mai'r *Frenhines* ... sef myfi ... yw hi?' gofynnodd, gan gyfeirio at y ddelw cwyr.

'Gallwn gogio bod y ddelw cwyr yn berson go iawn!' awgrymodd Ben.

'Dwi wedi cael syniad gwych!' meddai Huw, wrth afael

yn nhraed y ddelw. Cododd waelod y wisg a'i rhoi dros ben y ddelw.

SWISH!

Nawr, roedd hi'n amhosib gweld wyneb y ddelw. Yr unig beth yn y golwg oedd pâr o flwmars Jac yr Undeb!

'Nawr, does neb yn gwybod mai chi yw hi! Dwi'n dipyn o hen ben!' meddai Huw.

'Pen fel rwdan!' sibrydodd Ben, dan ei wynt.

'Na! Na! Na!' meddai'r *Frenhines*, braidd yn flin. 'Wneith hyn mo'r tro! Mae pawb y gallu gweld fy ... Wel, alla i dim dweud y gair!'

'Eich blwmars, *Eich Mawrhydi*?' gofynnodd Ben, gyda'i dafod yn ei foch.

'Nicars?' awgrymodd Huw.

'Rigins?'

'Dillad isaf?'

'Tin-gynheswr?'

Torrodd y *Frenhines* ar eu traws. 'Www! Rhag eich cywilydd chi! Mor bowld! Tin-gynheswr yn wir! Rhaid i mi gofio'r term yna tro nesaf byddaf yn agor y Senedd ... Beth am eu galw yn ... yr ANGHYBWYLLADWY*!'

---

*Mae hwn, credwch neu beidio, yn air go iawn ac i'w weld yng Ngeiriadur yr Academi! Mae'n golygu 'na ellir sôn amdano, neu 'na ellir ei grybwyll'.

'Does dim ots gen i ddangos fy wyneb, ond dwi ddim yn fodlon dangos yr ANGHYBWYLLADWY! Dangoswch ychydig o barch, os gwelwch yn dda!'

'Dwi'n deall yr hyn dach chi'n ddweud, ond sut felly 'dan ni am gael i mewn i'r amgueddfa?' gofynnodd Ben.

'Tro diwethaf, torrais i mewn trwy'r system Danddaeaerol. Mae gen i ... y *Frenhines* ... fy nhrên tanddaearol personol,' atebodd y *Frenhines*.

'Wrth gwrs bod gennych chi!' chwarddodd Ben. 'Ond y funud hon, does gynnon ni ddim amser i ryw lol felly. Mae drysau'r amgueddfa ar fin agor! Rhaid i ni wthio ein hunain i flaen y ciw!'

'Ond mae Prydeinwyr yn hoffi ciwio!' meddai'r *Frenhines*.

'O! Ydach chi wedi gorfod ciwio erioed?'

Am eiliad, smaliodd y *Frenhines* ei bod hi'n meddwl, cyn ateb, 'Naddo!' Doedd hyn ddim yn syndod i neb.

'Wel, beth am wthio i'r tu blaen, 'te!' meddai Ben.

Gafaelodd Ben ym mhen y ddelw cwyr, a Huw yn ei thraed. Edrychodd y ddau fel eu bod yn cario rhywun oedd wedi llewygu.

'Esgusodwch ni, os gwelwch yn dda!' meddai, wrth y rheini oedd yn ciwio. 'Rhaid i ni fynd heibio chi! Mae'r wraig hon newydd lewygu yn y ciw!'

Mi weithiodd y cyfan fel watsh! Agorodd llwybr rhwng y bobl, fel Moses* yn rhannu'r Môr Coch.

Codwyd delw'r *Frenhines* dros bennau pawb ac aethant i flaen y ciw. Wrth iddynt gyrraedd y fynedfa, agorwyd yr amgueddfa am y dydd.

*Ceir yr hanes yn yr Hen Destament. Pan gyrhaeddodd yr Israeliaid y Môr Coch, ymestynnodd Moses ei ddwylo a rhanwyd y môr gan greu llwybr er mwyn iddynt groesi.

'Wy moyn gweld eich tocynne, os gwelwch y dda!' meddai'r warchodwraig fawr wrth y drws. Hon oedd yr un ddynes stopiodd Ben ar ôl iddo ddod o hyd i'r darn **Scrabble**!

'Mae'r ddynes hon wedi llewygu!' atebodd Ben, mewn llais benywaidd a oedd yn cydfynd â'i wisg. 'Rhaid iddi gael sedd i eistedd ynddi!'

Syllodd yr ofalwraig yn amheus ar y dywysoges fach. 'Wyn credu bo fi wedi'ch gweld chi yn rhywle o'r blaen, Miss.'

'Dwi erioed wedi bod ar gyfyl fan'ma!' meddai Ben, wythfed yn uwch, fel pe bai'n gwisgo trôns tyn.

'A pam mae ei gwisg yn cuddio'i hwyneb?' gorchmynnodd y warchodwraig, gan dynnu'r wisg i ffwrdd. Wrth syllu ar wyneb y ddelw, gwaeddodd, 'Mae hi'n edrych yn gwmws fel y *Frenhines*!'

Yna, edrychodd ddwywaith pan welodd y *Frenhines* go iawn. 'A chi'n dishgwl yn debyg iddi hefyd, Miss Cimwch!' meddai, gan astudio wyneb y *Frenhines*. 'Whoa am funed! Dyma'r ddelw cwyr gafodd ei dwgyd! Mae rhywbeth mawr mas o'i le yn man hyn!

Wy'n mynd i alw'r heddlu!'

41

'Beth newn ni nawr?' gofynnodd Ben, wedi cynhyrfu.

'Rhedeg nerth ein traed!' meddai Huw.

Wrth iddynt droi rownd, trawodd pen y ddelw yn erbyn pen y warchodwraig.

CLONC!

Damwain ffodus, achos cafodd y wraig ei tharo'n anymwybodol! Disgynnodd yn swmp ar lawr.

SWMP!

'Beth am fy rhoi yn ôl ble dwi fod, a'i heglu hi odd'ma!' sibrydodd y *Frenhines*.

Rhuthrodd y tri i'r amgueddfa (wel, y pedwar, os ydych yn cyfri'r ddelw!)

'Ffordd hyn!' meddai'r *Frenhines*.

Rhedodd y triawd annhebygol heibio delwau cwyr o sêr pop, sêr ffilm a sêr chwaraeon, nes cyrraedd ystafell grand wedi ei haddurno fel palas. Yno, yn sefyll yn falch fel peunod oedd dwsin o ddelwau cwyr o'r teulu brenhinol, i gyd wedi eu gwisgo fel cangen Mai.

'Ble 'dan ni fod i'ch rhoi chi?' gofynnodd Huw.

'Yr wyf i ... y *Frenhines* ... i fod yng nghanol y rhes flaen,' meddai'r wraig freintiedig a balch.

Gosodwyd y ddelw cwyr yn ei safle priodol.

'Aaa! Mae'n braf cael bod yn ôl!' ochneidiodd y *Frenhines*.

Yna, edrychodd ar ei gwisg gimwch ac ar ddillad y ddelw. 'Byddai'n syniad i ni'n dwy gyfnewid gwisgoedd!'

'Does dim amser!' meddai Ben. 'Gallaf glywed yr ymwelwyr yn dod i mewn i'r amgueddfa!'

Yn wir, clywyd sŵn siarad lleisiai llawn cynnwrf yn adleisio ar hyd y coridorau.

'Gallaf newid fy nillad cyn i chi allu dweud 'Trôns Tywysog Caeredin!' meddai'r wraig. 'Nawr, trowch rownd, ddynion cyffredin! A dim sbecian!'

Ufuddhaodd y ddau ddyn. Yna, cyn i chi allu dweud

'Nicars y Frenhines Fictoria', galwodd y *Frenhines* arnynt. 'Gallwch droi rownd yn awr!'

Gwisgai'r *Frenhines* wisg y ddelw, a'r ddelw wisg y cimwch. Edrychai'r *Frenhines* fel, wel, y *Frenhines*.

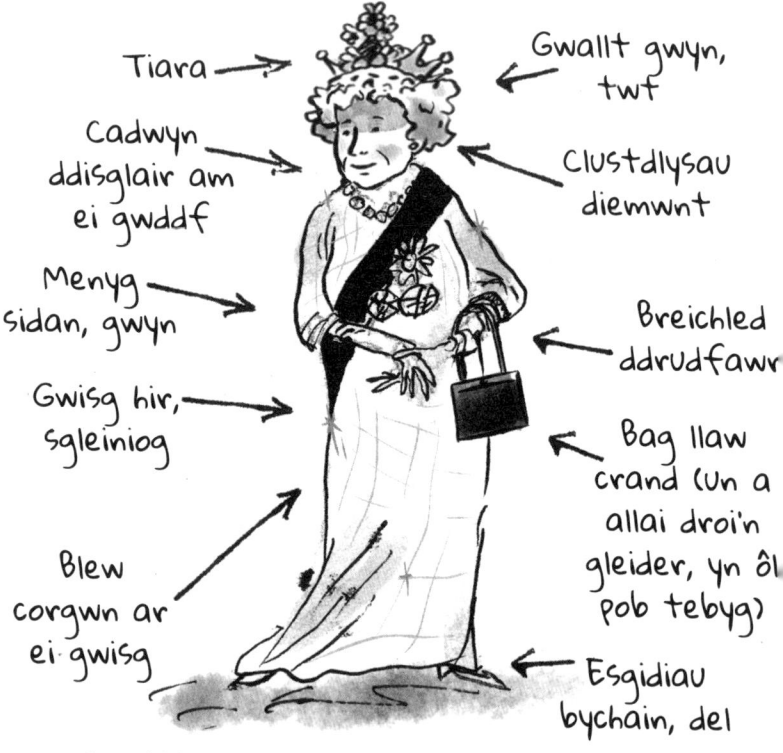

Tiara →

Gwallt gwyn, twf

Cadwyn ddisglair am ei gwddf

Clustdlysau diemwnt

Menyg sidan, gwyn

Breichled ddrudfawr

Gwisg hir, sgleiniog

Bag llaw crand (un a allai droi'n gleider, yn ôl pob tebyg)

Blew corgwn ar ei gwisg

Esgidiau bychain, del

'Roedd hynna'n sydyn!' meddai Ben.

'Rhaid i'r *Frenhines* ... sef myfi ... allu newid dillad yn gyflym iawn!'

'Alla i ddim credu hyn!' meddai Huw. 'Mae fy ngwisg cimwch yn Madame Tussauds! Ac os caf i ddweud, *Eich Mawrhydi Mwyaf Brenhinol*, dach chi'n edrych yn ... '

'*Freninesaidd?*' awgrymodd y *Frenhines*.

'Ia! Yn *Freninesaidd!*'

'Ond mae'n well gen i'r wisg cimwch.'

'A finnau!' meddai Huw, dan wenu. 'Alla i gynnig bargen i chi os prynwch chi un newydd!'

Daeth sŵn clebran yr ywmwelwyr yn nes ac yn nes.

Rhedodd y tri am yr allanfa, ond wrth iddynt droi rownd y gornel, daethant wyneb yn wyneb â thair gwraig o Gwm-twrch Uchaf (nid Cwm-twrch Isaf!)

'O na!' meddai'r *Frenhines*. 'Tair gwraig o Gwm-twrch Uchaf! Beth wnewn ni?'

'Smaliwch eich bod yn ddelw cwyr!' awgrymodd Ben.

'B-B-ETH?!' meddai'r *Frenhines*, dan boeri ei geiriau.

'Arhoswch yn hollol llonydd, ac fe newn ni sgwrsio!'

Am unwaith, ufuddhaodd y *Frenhines*, a safodd mor llonydd â llygaid pysgodyn marw. Dim un smiciad! Mewn eiliadau, roeddynt yn sgwrsio â thair gwraig dew o Gwm-twrch Uchaf, yn eu cotiau glaw, jîns a chrysau-T gyda'r geiriau 'NI'N CASÁU CWM-TWRCH ISAF' wedi eu printio arnynt.

'Wel, y jiw jiw! Shgwlwch pwy sda ni man hyn, fenwod ! Y *Frenhines* ei hunan, myn iyffach i! Well i fi gael llun fach i ddangos i bob un gatre!'

'A finne, w!'

'A fi, w!

Ymgasglodd y dair o gwmpas y 'ddelw'.

'Byddech chi'n folon cwmryd llun o' ni'n tair, os gwelwch yn dda?' gofynnodd un o'r dair wrth Huw.

'Wrth gwrs 'nny, w!' atebodd Huw, gan feddwl am eiliad ei fod yn dod o Gwm-twrch Uchaf. Cydiodd yn y camera. 'Ar ôl tri. Un. Dau. TRI!'

CLIC!

'Mae hi'n dishgwl lot henach mewn bywyd iawn!' meddai un o'r gwragedd.

'Ac yn fyrrach!' meddai'r ail.

'A lot mwy trwm!' meddai'r drydedd.

Brathodd y *Frenhines* ei thafod. Am ddwy eiliad yn unig. 'RHAG EICH CYWILYDD CHI!' taranodd.

Camodd y dair o Gwm-twrch Uchaf yn ôl mewn dychryn.

'AAA!'

'HELP!'

'MAE HI'N FYW!'

'Yyy ... peidiwch â phoeni, ledis!' meddai Ben. ''Dan ni'n gweithio yn yr amgueddfa. Un o'r delwau cwyr sydd yn gallu siarad yw hon!'

'Iyffach! Mae hi'n dishgwl mor fyw!'

'Lot mwy byw na pobl Cwm-twrch Isaf, ta beth!'

'Gwmws fel bwci-bo!'

'Robot ar brawf yw hi. Tyrd, Robot!' meddai.

Cydiodd Ben a Huw ym mreichiau'r *Frenhines* a'i harwain i lawr y coridor.

'Wel, am robot anghwrtais!' meddai un o'r menwod.

Ar hynny, trodd y *Frenhines* rownd, edrych ar y dair, a tharo clamp o rech i'w cyfeiriad!

'PFFFFFT!'

42

CRWCA GO IAWN!

'Dach chi'n ddoniol!' meddai Ben, wrth iddynt yrru ar draws Llundain.

'Sut oeddet ti'n disgwyl i mi fod?' gofynnodd y *Frenhines*, ei dwylo'n dynn ar y llyw.

'Wel, ro'n i'n meddwl y byddech chi'n dipyn o snoben, ac yn trin Huw a finnau fel baw isa'r domen.'

'Pobl o gig a gwaed ydan ni gyd.'

'Wel, ia, am wn i.'

'Byw mewn palas neu mewn ogof, 'dan ni gyd yr un peth yn y bôn.'

'Ond chi yw'r *Frenhines*!'

'Gwir, ond dwi yr un fath â phob hen wraig arall ym Mhrydain. Dwi'n caru fy nghŵn, yn hoffi codi 'mys bach ac yfed gwydriad neu ddau o jin, a gwylio DAWNSIO GYDA'R SÊR.'

'Ydy pob hen wraig yn hoffi DAWNSIO GYDA'R SÊR,' gofynnodd Huw, o'r sedd gefn.

'Dwi'n credu eu bod nhw. Mae'n gyfraith gwlad! Mae'n bleser gwylio'r eilun Flavio Flavioli!'

'O, na!' gwaeddodd Ben. 'Peidiwch â dweud eich bod chi'n hoff o hwnnw hefyd!'

'Wel, mae o'n dipyn o bishyn!'

Edrychodd Ben a Huw ar ei gilydd, a smalio cyfogi.

'IYYYYCH!'

Chwarddodd y Frenhines. 'HA! HA! HA!'

Ymhen dim, roeddan nhw yn ôl yn SIOP HUW.

DING!

'NAAAAAAAAAAAAAAAAAAAA!' gwaeddodd Huw, wrth iddynt gerdded trwy'r drws.

Doedd Ben ddim wedi ei weld mor gynddeiriog yn ei fyw. Roedd y siop yn ddinistr llwyr, y llawr yn dwmpath o bapurau melysion.

Gadawsant Plismon Plonc ar ben ei hun dros nos, a llwyddodd yr heddwas i sglaffio bron popeth yn y siop. Pan aethant i mewn, roedd o'n bwyta talp o sebon!

MMM ... BLASUS!

Doedd dim ar ôl i'w fwyta!

'Rhowch hwnna i mi!' meddai Huw, gan dynnu'r sebon o ddwylo'r gŵr barus. 'Allwch chi ddim bwyta hwn! Talp o sebon ydy o!'

'Ro'n i'n meddwl ei fod o'n blasu'n od!' atebodd Plismon Plonc. 'Ond mi wnes i warchod y siop yn wych. Does neb wedi dwyn dim!'

'Wel, diolch i chi, does dim ar ôl *i'w* ddwyn!'

'Allwn ni gyd bwyllo mymryn, os gwelwch y dda,' gorchmynnodd y *Frenhines*. 'Mae'n hi'n hwyr! Plonc, mae'n amser i chi fy ngyrru'n ôl i'r palas.'

'Bydd hynny'n fraint ac yn anrhydedd, Eich Mawrhydi!' atebodd. 'Af i gychwyn y car.' Siglodd y *Frenhines* yr allweddi o flaen ei drwyn. Cydiodd Plismon Plonc ynddynt a cychwyn allan o'r siop. 'Mae llawer o'r siocledi wedi llwydo,' meddai, wrth fynd trwy'r drws.

'ALLAN!' gwaeddodd Huw, wedi colli ei limpin.

DING!

Doedd Plismon Plonc erioed wedi symyd mor gyflym.

'Wel, *Eich Mawrhydi*, mae'n bryd i ni ffarwelio,' meddai Ben.

'Ydy,' atebodd y wraig freintiedig. 'Hon oedd noson **fwyaf gyffrous** fy mywyd. Ac i *ti*, Ben, mae'r diolch am hynny!'

'Mae hi wedi bod yn noson gyffrous iawn i minnau hefyd. Wel, heb anghofio'r noson honno a gefais gyda fy nain.'

'Yn hollol. Oni bai amdani hi, fyddwn ni'n dau ddim wedi cyfarfod, a byddai hyn ddim wedi digwydd.'

'Hi oedd yr orau.'

'Dwi'n gwybod hynny.'

'Ro'n i'n ei charu cymaint!' meddai Ben, wrth i ddeigryn lifo i lawr ei foch.

Rhoddodd y wraig gwtsh i'r bachgen, ac anwesodd y ddau ei gilydd am ennyd neu ddau.

'Ti'n dal i'w charu. Ac mi fyddi'n ei charu am byth. Pan fu farw, roeddet ti'n cerdded trwy storm. Ond gydag amser, mi fydd y glaw yn peidio, a rhyw ddiwrnod bydd awyr las uwchben.'

'Ond wna i byth anghofio am Nana Crwca,' meddai Ben.

'Wrth gwrs wnei di ddim! Mi fydd hi gyda ti am byth.'

Ar hynny, rhwbiodd rhywbeth blewog yn erbyn coes Ben. Cynffon **Y Gath Ddu!**

'PYYYRRRRR!'

'**Y Gath Ddu!**' meddai'r bachgen, yn gyffrous.

'Mae'n ddrwg iawn gen i,' meddai Huw. 'Dim anifeiliaid anwes yn y siop!'

Estynnodd Ben ei freichiau a neidiodd **Y Gath Ddu** i fyny. 'Peidiwch â phoeni. Dwi am fynd â hi adref.'

'PYYYRRRRR!'

Llyfodd y gath ddeigryn oddi ar foch Ben.

'Diolch o waelod calon i chithau hefyd, Mistar Huw,' meddai'r Frenhines. 'A mae'n ddrwg gen i fod Plonc wedi bwyta'ch danteithion chi.'

'Popeth yn iawn, *Eich Mawrhydi Mwyaf Brenhinol.*'

'Anfonaf lond basged o bethau da 'mwyaf brenhinol' i chi er mwyn i chi allu eu gwerthu yn eich emporiwm. Pethau fel potiau mêl, potiau jam, bisgedi ... a'r cwbl wedi eu creu ar fy ystadau brenhinol.'

Edrychai wyneb Huw fel un plentyn ar fore Nadolig. 'O, diolch yn fawr iawn, iawn, iawn i chi, *Eich Mawrhydi Mwyaf Brenhinol!*'

'Dach chi'n ddyn dan gamp, Mistar Huw! Allwn ni ddim fod wedi llwyddo hebddoch!'

Gwyrodd Huw ei ben a chusanu ei llaw.

'MWWWWA!'

'Da boch, gyfeillion. Byddwch wych! Bydd y *Frenhines* ... sef myfi ... yn eich colli'n arw.'

DING!

Gwyliodd Ben a Huw y wraig yn cerdded i gyfeiriad y car. Gorchmynnodd Plismon Plonc i eistedd yn sedd y teithiwr, cyn iddi eistedd yn sedd y gyrrwr. Cododd ei llaw frenhinol, gosod ei throed yn drwm ar y sbardun ...

BRRRRRRRRRWWWM!

... a diflannu i'r pellter.

'Wel, am ddynes anhygoel!' meddai Huw.

'Crwca go iawn!' atebodd Ben. Gadewch imi eich helpu i dwtio'r siop.'

'O! Ti'n fachgen mor dda, Ben, ond mae popeth yn iawn. Dylet fynd adref. Bydd dy rieni yn poeni eu hoedl amdanat.'

'Mi fyddan nhw'n lloerig efo fi.'

'Na. Mi fyddan nhw'n falch dy fod ti adref yn ddiogel. Maen nhw'n dy garu di, Ben, er nad ydyn nhw'r gorau am ddangos hynny. Ac mae'n rhaid iti eu cyflwyno i aelod newydd o'r teulu. Y gath grwydr! Mae'n amlwg ei bod eisiau cartref!'

'O, ia. Cawn weld sut groeso geith hi,' atebodd Ben, wrth iddo fwytho'r anifail yn ei freichiau. 'Hwyl i chi, Huw!'

'Cyn i iti fynd, wyt ti eisiau prynu bwyd cath? Mae gen i fargen yr wythnos hon!'

'Well imi fynd!'

'Na, anghofia am y cynnig! Mae Plonc wedi bwyta hwnnw hefyd!'

'Ha! Ha!' chwarddodd Ben.

344

Wrth iddo gyrraedd drws y siop, sylwodd ar ffigwr yn sefyll tu allan. Dyn gyda het unigryw ar ei ben!

DING!

Hwyliodd y gŵr i mewn i'r siop, yn hunanfoddhaus yr olwg.

'Bore da, gyfeillion!' meddai, wrth Huw. 'A yw fy mhapur newydd gennych? Fy enw yw ... Mistar Mostyn ... neu, yn hytrach ... *Syr Mistar Mostyn!*'

'O, NAAAAAAAAAAAAAAAA!

gwaeddodd Ben a Huw.

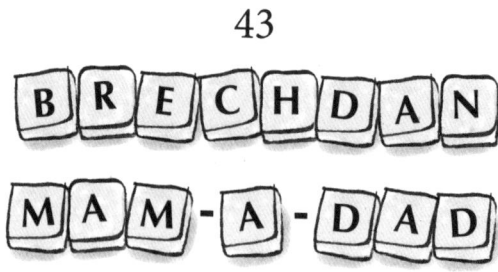

43

Pan gyrhaeddodd Ben adref, plygodd i nôl yr allwedd dan y mat wrth y drws, yr un gyda DAWSIO GYDA'R SÊR arno. Man hynod o glefer i'w guddio! Pa leidr fyddai'n meddwl ei fod dan y mat wrth y drws?!

Cyn gynted ag yr oedd wedi rhoi'r allwedd yn y clo, clywodd leisiau.

'BEN!'

'BEN!'

Lleisiau ei rieni yn galw ei enw. A oeddan nhw'n ddig wrtho?

Pan agorodd y drws, gwelodd y bachgen fod eu hwynebau'n fôr o ddagrau.

'O! Fy Meni bach i!' wylodd Mam, gan ei

gofleidio a'i wasgu'n dynn.

"Dan ni wedi poeni cymaint amdanat!' ychwanegodd Dad. Gafaelodd yn y bachgen o'r tu ôl fel bod Ben wedi ei gaethiwo rhwng ei rieni, fel ham mewn brechdan.

'Mae'n wir ddrwg gen i!' atebodd Ben.

'Ble wyt ti wedi bod trwy'r nos?'

'Wel, yyy ... mi ... yyy... '

'Cer ymlaen,' prociodd Dad.

'Wel, teimlais fy mod wedi eich siomi cymaint yn y gystadleuaeth ddawnsio, y byddai'n well i mi gadw draw am sbel, gan feddwl y byddech chi'n flin efo fi.'

Celwydd golau oedd hwn. Anghofiodd sôn am rasio o gwmpas Llundain mewn car heddlu gyda Huw a neb llai na'r *Frenhines* ei hun!'

'Meddwl y bydden ni'n flin efo ti?!' ailadroddodd Mam, a oedd bellach yn llefain y glaw. 'Tydi hwn ddim yn gartref hebddot ti, Ben bach!'

'Ti yw canol ein bydysawd!' ychwanegodd Dad.

'Ro'n i'n meddwl mai dawnsio oedd canol eich bydysawd.'

Edrychodd Mam a Dad ar ei gilydd, ddim yn rhy siŵr beth i'w ddweud.

'Dyw dawnsio ddim cweit ... ddim yn hollol ... yn y canol,' meddai Mam.

'Mae dy fam yn llygad ei lle!' cytunodd Dad.

'Ond oes rheswm penodol pam wyt ti wedi gwisgo fel tywysoges, Ben?' gofynnodd Mam. 'Ai gwisg ddawns newydd yw hi?' ychwanegodd, yn obeithiol.

'Naci!' atebodd Ben, yn bendant. 'Ro'n i angen dillad sych.'

'MIIIIAW!' meddai'r llais wrth ei draed.

'Cath pwy yw hon?' gofynnodd Mam.

'Ein cath ni,' atebodd Ben, wrth i'r anifail neidio i fyny i'w freichiau a gwthio'i phen i'w gôl.

'Beth yw ei henw?' gofynnodd Dad.

Meddyliodd Ben am eiliad. 'EN-EC.'

'EN-EC?' gofynnodd Mam.

'Ia. Y llythrennau 'N' ac 'C'.'

'Beth ar y ddaear mae 'N' ac 'C' yn ei feddwl?'

'Cyfrinach.'

'Cyfrinach?'

'Cewch wybod rhyw ddiwrnod!'

'Www, *dirgel iawn*!' meddai Mam. 'Nawr, tyrd i mewn i'r tŷ.'

'Dwi mor falch dy fod ti adref,' ychwanegodd Dad.

'A finnau,' atebodd Ben, wrth i'r tri fynd drwy'r drws.

Gyda'i gilydd ...

... fel teulu.

44

ARAITH Y FRENHINES

Rhyw wythnos neu ddwy yn ddiweddarach, roedd hi'n Nadolig. Eisteddodd y teulu Williams, ynghyd ag EN-EC y gath, neu NANA CRWCA fel yr oedd Ben yn ei galw yn gyfrinachol, i wrando ar araith y *Frenhines*. Roedd

ganddynt un gwestai y flwyddyn hon. Awgrymodd Ben y byddai'n syniad gwahodd Edna. Roedd hi'n byw ar ei phen ei hun yn y cartref hen bobl. Doedd ganddi ddim plant na wyrion, ac felly roedd hi wrth ei bodd pan gafodd wahoddiad.

Ar ôl bwyta'r cinio Nadolig, syrthiodd pawb yn swrth ar y soffa i wylio araith y *Frenhines*. Gwridodd Ben wrth ei gweld unwaith yn rhagor, hyd yn oed â hithau ar y sgrin fach. Y flwyddyn hon, o'r gair cyntaf, sylwodd fod rhyw awgrym o ddrygioni yn ei llygaid.

Ar ôl i gerddoriaeth yr anthem genedlaethol ddod i ben, wedi ei gwisgo yn yr un wisg â'r ddelw cwyr ohoni, dechreuodd y *Frenhines* gyfarch y genedl o'r ystafell ddawns ym Mhalas Buckingham.

'Wrth i'r flwyddyn ddirwyn i ben, mae cyfnod y Nadolig yn gyfle i ni ailasesu ein bywydau,' meddai'r *Frenhines*. 'Rwyf wedi ailasesu fy hun, a fy mywyd. 'Dan ni ddim ar y ddaear hon am byth, ac felly os oes unrhyw beth dach chi wirioneddol eisiau ei wneud,

neu os hoffech fod yn rhywun arbennig, rhaid i chi fynd ati a'i **wneud.** Nawr. Nid fory. Peidiwch ag oedi. Yn ddiweddar, cefais un o nosweithiau mwyaf *cyffrous* fy mywyd.'

Ar ei ben-ôl ar y soffa, tagodd Ben, a dechreuodd **Y Gath** 🐾 **Ddu** biffian chwerthin.

'Hiss! Hiss! Hiss!'

'Roedd hi'n noson fythgofiadwy. Rhaid ceisio gwireddu eich breuddwydion. Fel arall, rydych yn gwastraffu eich amser. Ac yn yr ysbryd cadarnhaol hwn, rwyf wedi bod yn gwylio *DAWNSIO GYDA'R SÊR* bob nos Sadwrn. Rwyf wedi ysu i gymryd rhan, ond yn anffodus does neb wedi gofyn imi. Nis gwn pam. Ydw i'n rhy hen? Neu efallai tydw i ddim yn ddigon enwog. Wel, does gen i fawr o ots. Achos yma, y funud hon, fy anrheg Nadolig i'r genedl yw cyflwyno dawns arbennig, dan ofal yr eilun ei hun, Flavio Flavioli, sydd newydd ddod o'r ysbyty lle cafodd driniaeth ar ei ben-ôl.'

'Wel, y *Frenhines* lwcus!'

Dawnsiodd Flavio y tsa-tsa-tsa i gyfeiriad y *Frenhines* cyn ei chodi o'i sedd. Dawnsiodd y ddau foch ym moch.

Roedd Ben ar ben ei ddigon wrth weld ei ffrind yn llawn llawenydd. Pwy allai warafun ychydig o hwyl a sbri i'r Frenhines?

'Cerddoriaeth, os gwelwch y dda!' gorchmynnodd y Frenhines.

Ymddangosodd band pres militaraidd, wedi eu gwisgo fel ceffylau preimin.

Dechreuodd y band chwarae fersiwn ffynclyd o gân enwog Eden, 'Paid â Bod Ofn'.

Cafodd y *Frenhines* ei throi a'i throi mewn cylchoedd o gwmpas neuadd ddawns Palas Buckingham gan Flavio. Yr oedd drama. Yr oedd comedi. Yr oedd hud. Ar un adeg, cododd Flavio y *Frenhines* uwch ei ben a'i throi rownd a rownd. Doedd neb wedi gweld y *Frenhines* mor hapus! Roedd yr olygfa yn ORCHESTOL!

Wrth i'r ddawns ddod i ben, a'r *Frenhines* ym mreichiau Flavio, cododd Ben, Dad, Mam ac Edna ar eu traed a churo'u dwylo fel morloi gwallgof. Dangosodd EN-EC y gath ei gwerthfawrogiad trwy guro ei phawennau.

Ychydig yn ddiweddarach, roedd Ben ac Edna yn golchi llestri yn y gegin a Mam a Dad yn cysgu ar y soffa tra oedd RHAGLEN NADOLIG DAWNSIO GYDA'R SÊR ymlaen ar y teledu.

'SSSSS! SSSSS! SSSSS! SSSSS!' chwyrnai'r ddau fel moch, gan fethu pob eiliad o'r rhaglen am eu bod wedi bwyta ac yfed yn ormodol.

'Dwi wedi bod yn meddwl,' meddai Edna.

'O? Am beth?' gofynnodd Ben, gan roi jwg iddi i'w sychu.

'Am yr hyn ddywedodd y Frenhines. A'r hyn wnaeth hi.'

'Roedd hi mor cŵl!'

'Ers imi golli fy ngŵr, dwi wedi ysu am rywfaint o gyffro.'

'Cyffro?'

'A meddwl o'n i a hoffet ti ymuno â mi mewn antur neu ddwy.'

'Pa fath o antur?'

'Wel, y math o antur oedd ar y teledu, dwyn Coron yr Archdderwydd a CHWPAN Y BYD.'

'Pam yr anturiaethau hynny?' gofynnodd Ben, yn poeni bod ei gyfrinach ar fin cael ei datgelu.

'Cafodd yr holl bethau eu dychwelyd! Wnaethpwyd dim o'i le! Mae'n swnio fel syniad da ac antur wych!'

'Dach chi ddim yn meddwl —?'

'Ydw! Dwi eisiau bod yn GRWCA, Ben! Dim ond am un noson.'

'Dilynwch fi!' meddai Ben.

Arweiniodd y bachgen yr hen wraig i'r garej, a'r Gath Ddu yn eu dilyn.

'WAW!' meddai Edna. 'Mae o'n edrych yn grêt!'

'Hen sgwter Nana: **Sionci**.'

'Mae o'n edrych yn wahanol!' meddai Edna, yn edmygu'r sgwter.

'Wel, dwi wedi gwneud mân newidiadau iddo! Ei wneud o'n sgwter addas i GRWCA! Ffansi mynd am dro?'

'Ydy eira'n wyn?' atebodd Edna, gan neidio ar sedd y gyrrwr.

Eisteddodd Ben ar sedd gefn y sgwter, wrth i EN-EC neidio i'r fasged.

'Ble awn i?' gofynnodd Edna.

'I wireddu eich **breuddwydion!**'

'HA! HA!' chwarddodd Edna, cyn pwyso'i throed yn drwm ar y sbardun. 'Tyrd yn dy flaen, **Sionci**! TÂN DANI!

BRWWWWWM!

''Co ni off eto!' meddai Ben,

wrth iddynt ddiflannu

i antur fawr

y nos.

Y DIWEDD ... ?

Os ydych wedi mwynhau'r
llyfr hwn, ewch yn ôl i'r
cychwyn ...

NANA CRWCA

Dyma nain Ben.

Mae hi'n nain gyffredin, draddodiadol:

- Mae hi'n drewi o fresych.
- Mae ganddi hancesi papur i fyny ei llewys.
- Ac ... mae hi'n lleidr rhyngwladol!

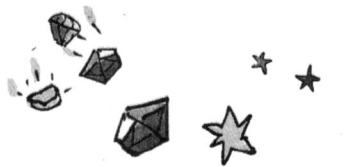

Dyma ddau lyfr arall
gan David Walliams

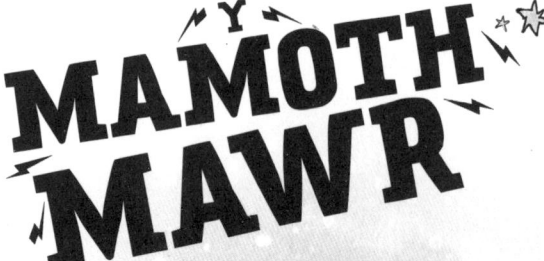

Y MAMOTH MAWR

Pan fo Elsi yn clywed bod yna
famoth mawr o Begwn y Gogledd
yn crwydro strydoedd Llundain
yn 1899, mae hi'n benderfynol o
ddarganfod mwy ...

BANANAS!

Wrth i fomiau ddisgyn ar Lundain yn ystod yr Ail Ryfel Byd, mae'n rhaid i Eric achub Greta, gorila go arbennig, o sw'r ddinas. Ond mae antur arall, fwy peryglus yn eu haros mewn tref glan môr ...